惑愛に溺れて

addicted to love

火崎 勇
YOU HIZAKI presents

ガッシュ文庫
KAIOHSHA

イラスト／嵩梨ナオト

CONTENTS

本作品の内容はすべてフィクションです。
実在の人物・地名・団体・事件などとは一切関係ありません。

その目は、ずっと俺を見ていた。

いつも、いつも。

怒っているのか、悲しんでいるのか、何も考えていないのか。それとももっと別の感情が込められているのか、わからなくて、見る度に苛ついた。

何故自分を見るのか、と。

その視線の意味は何なのか、と。

ずっと……、ずっと……。


目を開けると、思ったよりも明るくて、目が痛んだ。

「黒河《くろかわ》」

声がして、手が熱くなる。

頭を動かさぬまま手を見ると、俺を『黒河』と呼んだ男が俺の手を握っていた。

「どこか痛むか？　気分はどうだ？」

心配そうに覗《のぞ》き込む目。

スーツ姿の、目付きの鋭い男。

髪は少し長めで、前髪が乱れているのが色気があるとぼんやり思った。

この男は……？

「……誰？」

問いかけると、男は驚いたように目を見開き、それから睨《にら》むように目を細めた。

「からかってんのか？」

「……からかう？」

「俺をからかう余裕があるんなら、痛むところはないんだな？」

「痛む……。身体……痺《しび》れてわからない……」

「痺れてるのは麻酔が効いてるからだろう。誰か、連絡を取って欲しい人間はいるか？」

「連絡……」

「黒河は家族とは縁を切ってるんだったか？」

「黒河って……、誰？」

男は顔を歪《ゆが》めた。

「真面目にしろよ」

「あなた、どなた？」

「黒河？」

「ここ、どこ？」

「……オイ」

「足……、痛い気がする」

男は慌てた様子でベッドの横にぶら下がっていたブザーを押した。

『はい、黒河さん。どうなさいました？』

枕元から、スピーカーを通したような女の声が聞こえた。

「様子がおかしいんだ、すぐ来てくれ」

白い天井。

鉄柵の付いたベッド。

ここ……、病院か？

どうして俺が病院に？

俺は……、黒河という名前なのか？

どうして自分の名前が思い出せないんだろう。

俺の手を強く握ったままの男は、自分とどういう関係なんだろう。

眠い。

身体の感覚が薄い。

「どうしました？」

俺と男を包んでいたカーテンが開き、白衣の看護師が顔を出す。

「自分の名前が思い出せないみたいなんだ。言動がおかしくて」

男が答えると、看護師は俺の顔を覗き込んだ。

「黒河さん、大丈夫ですか。黒河さん」

女が『黒河』の名前を呼ぶ。

それは俺なのか？

「黒河さん」

考えると目眩《めまい》がした。

何も考えたくなかった。

「すぐ先生をお呼びします。このままお待ちください」

どうしてみんなそんなに慌てているんだろう。

わからない。

何もわからない。

わからないと考えるのが面倒臭い。

「黒河！」

頭の中が真っ白で、何も考えたくなかった。


俺の頭の中には、血の塊があるらしい。

それが脳の一部を圧迫し、そのせいで記憶障害が起き、記憶喪失になっているのだと、医師はCTの画像を見せながら説明してくれた。

脳の外傷による記憶障害は珍しいことではなく、俺の場合は脳波も正常で、原因がその血の塊だとはっきりしているので、それを薬で溶かしてしまえば、徐々に回復するだろうと言われた。

日常生活に支障のある記憶、道具の使い方や社会一般の常識に対しては、影響がないようだが、自分自身についての記憶が欠落していてる。

たとえば、名前だ。

目覚めた俺は、自分の名前すらわからなかった。

何歳で、何をしているかもわからない。

それを教えてくれたのは、病院で俺に付いていてくれたスーツの男だった。

彼の名前は『生田目《なばため》隆司《りゅうじ》』。

その生田目が俺に、車の免許証を見せてくれたので、やっと自分が『黒河炯《けい》』という名前だと知った。

年齢は二十八歳で都内に在住。

まだ鏡を見ていなかったので、小さな写真の中の『俺』の顔も奇妙な印象しか持てなかった。

全体的には整った顔で、イケメンと言ってもいいだろう。明るい茶色の髪、黒目の大きい目と、引き締まった唇。けれど目付きは悪く、まるでカメラの向こうにいる誰かを威嚇しているようだ。免許証の写真なんて、大体そんなものだろうが。

免許証からわかるのはそこまでだった。

そこから先は、生田目に教えられた。

俺は仕事を辞め、新しい就職先を探している途中だった。

生田目の会社に入ることを決め、ついでに彼との同居も決めた。

彼は会社の社長で、広いマンションに住んでいたので。

それにしても、どうしてそこまでしてくれるのかと疑問に思うと、彼は端的な答えをくれた。

「恋人だからだ」

俺は男で、生田目も男なのに、と重ねて尋ねると。

「同性愛って言葉を知らないわけじゃないだろう?」

俄《にわか》に信じ難い返事。

俺は、中学の時に酒のみの父親と大ゲンカをして家を出て、東京に来たらしい。

生田目も、昔のことはよく知らないということで、成人するまで何をしていたかはわからない。

だが、数年前に生田目に会い、お互い惹《ひ》かれあってそういう関係になった。

半年前に俺の勤めていた会社が倒産し、生田目はいい機会だから自分の会社に来て一緒に暮らそうと誘ったが、俺は断っていた。

いくら恋人とはいえ、何もかも世話になりたくないと。

その考え方は理解できる。

だが、半年経っても新しい就職先が決まらないので、生田目はもう一度誘った。

好きだから、愛してるから一緒にいたい。

どうしても自分の下で働きたくないのなら、うちで働いている間に他を探せばいい。

同居も、最近流行りのルームシェアだと思えばいい。知らなかったが、今はルームシェアが流行っているようだ。

俺は考え、結局その申し出を受け入れた。

早急に引っ越しの支度をしようと言って別れた後、生田目が車に轢《ひ》かれそうになった。

そして俺は彼を突き飛ばし、自分が轢かれたのだ。

病院にも、警察が来て、その時のことを彼よりも詳しく話してくれた。

「目撃者によると、お二人は立ち話をしていた。あなたが背を向けると、生田目さんも背を向けたが、あなたは何かを思い出したように振り向いて彼を見ていた。そこへ車が突っ込んできたんです。黒河さんが走って行って、生田目さんを突き飛ばし、車に轢かれた。運転者は七十過ぎの老人で糖尿病で意識を失っていた。恐らくあなたからはハンドルに突っ伏していた運転者の姿が見えたんでしょう」

幸い、老人の運転する車はスピードが出ていなかった。

だが意識を失っていた老人はブレーキを踏まなかった。

背を向けていた生田目は、車が近づいて来ているのはエンジン音でわかったが、歩道を歩いている自分に突進してくるとは思わなかった。

そこで俺が彼を突き飛ばして、助けたのだ。

そのせいで、俺は車に弾き飛ばされ、近くの電柱に頭からぶつかった。

「タイヤに巻き込まれなかったことは幸いです。打撲だけで済んだ。……いや、記憶のことは大変でしょうが」

警官は申し訳なさそうに言った。

「事件性はないので、事情聴取はこれで終わりです。運転者を訴えますか？」

警官の問いかけには、同席していた生田目が答えた。

「相手は老人で、病人だったんでしょう？　示談に応じるつもりです。細かいことは、こちらから弁護士を立てて話し合いをしますとお伝えください」

警官が病院に来たのは、本当にその一回だけだった。

けれど、生田目は、毎日病室を訪れてくれた。

「欲しいものはあるか？」

「食べたいものは？」

「痛むところはないか？」

優しく言葉をかけ、本当に何でもしてくれた。

覚えていないけれど、今までもずっとこうだったのだろうか？

俺はこの男のこういうところに惹かれたのだろうか？

「退院したら、俺のところへ来るといい。お前と一緒に暮らすために用意した部屋があるから」

その言葉のままに、俺は退院と同時に彼のマンションへ移ることになった。

空っぽの自分。

白紙の頭。

過去も未来も、何もないまま、生田目だけを信じて……。


左の腕には、まだ消えない大きな痣《あざ》があった。

それを隠すために長袖のシャツを着て、生田目の車に乗り、病院を後にしたのは、よく晴れた水曜日だった。

「仕事、大丈夫なんですか？」

と訊《き》くと、彼は少し笑った。

「厭味《いやみ》に聞こえるかも知れないが、これでも社長だから、その辺りのことは自由になるんだ」

「そういえば訊いてなかったんですけど、何の会社をやってらっしゃるんですか？」

「飲食店を二つと、ゲーム会社を一つ。敬語は使わなくていい。俺もそうだが、黒河も口の悪い男だった。敬語だと他人行儀な気がして、おかしな気分だ」

「お世話になってると思うとまだ……。俺は、オカマだったんですか？　女装したりとかしてたんですか？」

今度は明確に、彼は吹き出した。

「いいや。お前が女装するなら見てみたいが、言ったらきっと怒っただろう」

よかった。

彼の恋人と説明された時から、それだけが心配だったのだ。

「質問してくるのはいいことだ。外に興味が湧いてきたってことだからな。入院中、殆《ほとん》ど喋《しゃべ》らないから心配してたんだ」

「頭の中が空っぽで、何を考えたらいいのかもわからなかったから」

「今は？」

「生田目さんのことを考えてます。これからの生活のことと。そしたら、質問が浮かんできたから」

「生田目、でいい。『さん』はくすぐったい」

「生田目」

「……ああ」

嬉しそうに、彼の口元が緩む。

「お前に名前を呼んでもらえるだけで嬉《うれ》しい。倒れた時は、こっちが死にそうだった」

「大袈裟《おおげさ》な」

「大袈裟じゃないさ。本気だ。……それほどお前を愛してるんだと再認識した」

「はあ……」

まだよくわからない男から熱烈な告白を受けても、何と返事をしていいかわからない。

そのまま俺は黙って窓の外を眺め、運ばれるままに任せた。

街は、見覚えのない街。

行き交う人々も見覚えはない。

入院中に、自分が生まれたところは、ぼんやりと思い出していた。

多分、小さなアパートだ。

台所の窓際に、洗剤などが並んでいて、窓には格子がはまっていた。

それから、風呂屋の裏手にあった空き地。煙突を見上げながら、多分風呂の焚《た》き付けに使うために置かれていたであろう材木に上って遊んでいた。

だがそこから先は覚えていない。

目覚めた時にはそれすらも覚えていなかったのだから、少しは記憶が戻ったということなのだろう。

裕福ではない生まれの俺が、三つも会社を経営しているこの男と、どうやって知り合ったのだろう。

俺は横目で運転している生田目を見た。

仕立てのよいダブルのスーツ。

長い前髪をオールバックにしてるせいか、鼻筋の通った高い鼻のせいか、攻撃的な顔に見える。

前髪を上げてるのに、それが長いとわかるのは、病院に来た時にそれを下ろしているのを見たからだ。

俺はあっちの方が好きだな。

以前もそうだったのかも。

運転のために前を見ている目も、鋭くて攻撃的だ。

気の強い男なのだろう。経営者なら、我も強いだろう。だが、病室を訪ねて来る時はいつも遠慮がちで、俺に対しては親切だった。

それが愛情というものだろうか？

「着いたぞ」

車は大きなマンションの地下駐車場へ滑り込んだ。

車を降り、着替えやら何やら、病院で使ったものを詰め込んでパンパンになったカバンをそれぞれ一つずつ持つ。

「荷物は持てるか？」

彼が病院へ持ってきたものは、全て新品だった。

今着ているものもそうなのだろうが、全部生田目が買ってきたものだ。

このデカいマンションを見ればわかるが、彼は金持ちなのだろう。

では俺は？

エレベーターで上層階へ上がり、十七階で降りる。

ボコボコと穴の開いたカギを使ってドアを開け、入れと顎で促される。

彼がドアを開けていてくれる間に、中へ滑り込むと、そこは高級ホテルのような、豪華な部屋だった。

「……生活感がない」

玄関は大理石、壁は木目でグリーンの絨毯《じゅうたん》を敷いた廊下が奥へ続く。

「あまり家には帰らないからな。だがお前が一緒に暮らすなら、これからは毎日帰ってくるさ」

立ち止まっている俺を彼がカバンで押す。

真っすぐに進めばいいんだよな？

廊下の先には、広いリビングがあった。

「テレビ、デカい」

病院の小さなテレビを見慣れてしまっていたから、壁に置かれたテレビの大きさに驚いた。

「物の使い方は覚えてるんだったな？」

「多分」

「じゃ、説明は後でいいな。取り敢えずお前の部屋を用意してあるから案内しよう」

「……俺は無一文か？」

「いいや。貯金はあると思う。もしお前が入っていいというなら、お前の家に行って取ってこよう」

「自分で取りに行くよ」

「だめだ」

「何故？」

「医者から言われただろう？　暫くはおとなしくしていろと。暫くお前はこの部屋から出るな」

「外を歩くぐらい平気だろう」

「お前は平気でも、俺は平気じゃない。もしまたお前が事故にあったらと思うと、心配で死にそうだ。俺のために、暫くここから出ないでくれ」

そう言われると無理を通しにくかった。

入院費やら何やら、全て彼に世話になっているのだから。

「こっちだ。一通り揃《そろ》えたが、他に欲しいものがあったら何でも買ってこよう」

案内された部屋には、大きなベッドと、テーブルと、リビングにあったものよりは小さいが、十分に大きなテレビ、ゲーム機にＤＶＤのデッキ等があった。

造り付けのクローゼットを開けると、中には服も揃っている。

「俺はこういう服を着てたのか？」

きっとこれも、生田目が買ってきたのだ。

「いいや、俺と会う時はスーツが多かったな。だがもうスーツはいらないだろう?」

下がっているシャツの一枚に触れると、手触りがよかった。

「俺の家に入っていい。だから、俺の金を持ってきてくれ。それで、俺の物はそこから買ってくれ」

「俺の世話にはなりたくない?」

「ああ。嫌だ」

「恋人なのに、甘えてくれないのか?」

「恋人だっていうなら余計だろ。対等でないと、ペットみたいだ」

彼は嬉しそうに笑った。

「変わらないな」

以前も、この問答はあったらしい。

「黒河」

「ん?」

「キスしていいか?」

言われて、俺は身構えた。

恋人、と言われた時からいつかはそういう要求が来るだろうとは思っていたが、『今』の自分には男とキスする感覚はないのだ。

「キスだけでいい。お前がここにいると実感したいんだ」

生田目は近づいてきて、俺の髪に触れた。

「お前が……、俺の部屋にいる。それを実感したい」

夢見るような瞳。

熱っぽく、真っすぐに俺を見る目。

「軽く、なら」

「軽く？」

「俺にはあんたとの記憶どころか、初体験の記憶もない。これがファーストキスになるんだから、いきなり濃厚なのは嫌だ」

真面目に答えたのに、彼は笑った。

「いいとも。それじゃ軽く、だ」

腕が伸び、抱き寄せられる。

近づく顔。

「目を閉じろ」

と言われて目を閉じると、唇に柔らかいものが当たる。

一度、二度、三度キスして、彼は離れた。

「いいよ」

「……緊張した」

キスされても、何も思い出せない。

まるで彼とキスするのはこれが初めてのような気分だ。

「風呂とキッチンの使い方を教えよう」

でも、愛されている実感はあった。

子供みたいな今のキスだけで、彼が上機嫌になっていたから。

「食べたいものがあったら言ってくれ。何を食べてもいいそうだから。酒も、嗜《たしな》む程度なら飲んでいいらしい」

豪華な部屋。

優しい恋人。

上質な服。

望むものは全て与えてやるという言葉。

普通に考えたら、これは降って湧いた幸福と呼ぶべきものだろう。

だが何故か、俺はこれが自分の肌に合わないと感じていた。

俺が彼のために命を投げ出したことは、目撃者もいる。

実際、大怪我もしている。

なのに、彼の恋人だと言われると不思議な気持ちになる。

これが、記憶を失うということだろうか？

「俺、料理が作れるといいな……」

何もできない自分が許せなくて、ポツリと呟《つぶや》いた。

ぬくぬくしてるのは性に合わない、と思いながら。


新しい生活は、退屈だった。

入院費の代わりに彼の望みを、この部屋から暫く出ないという約束を守っているからだろう。

することのない時間は、苛立ちを覚えるほどだった。

身体の中に熱がある。

何かをしたいと心が欲している。

俺は、肉体労働者だったのか？　その割りには日にも焼けてないし、筋肉も隆々というほどではないが。

余所余所しかった生田目との関係は、数日で友人のようなものになった。

意識しても仕方がない。ベタベタするのは性に合わない。生田目も、こちらの対応を気遣って、あまり接近はしてこない。

時々軽いキスは求められるが、それも数日で慣れた。

濃厚なものではなかったし、相手が男でも唇の感触にそう差異はなかったので。

朝起きて、生田目と一緒にメシを食う。

『朝食を食べる』ではなく『メシを食う』と考えるところも、肉体労働者っぽいな。

幸い、俺は料理がヘタではなかった。

簡単にパパッと作るようなものばかりだが、冷蔵庫の食材を見ると、料理が浮かぶ。

焼きソバとか、カレーとか、焼きメシとか、適当な煮物とか。

意外だったのは、生田目がそれを喜んで食べたことだ。

俺が作ったものなら何でもいいってことなのかと思ったが、そうではなく、本当にそういう簡単なものが好きらしい。

「俺も、大した育ちじゃねぇんだ。今でこそ社長だなんて言ってるが、学生時代はロクなもの食ってなかったからな。インスタントラーメンとかも好物だ」

生田目の口調も、数日でざっくばらんなものになった。

「そうなのか？」

それに合わせて、俺も喋りやすい話し方にした。

「ああ。ジャンクなもんが好きなんだが、この立場になると、接待で高級料理ばっかりでな。断ることもできないから仕方なくそれで済ませるが、戻ってからよく茶漬けとか食ってるよ。もちろん、ダシじゃなくてお茶のな」

「俺、カツ丼とかも好き」

「俺はタマゴ丼も好きだ」

「タマゴ丼？」

「カツ丼や親子丼のタマゴだけの丼だ」

「美味そう」

話してみると、生田目は叩《たた》き上げの人間らしく、好感が持てた。

食生活が同感できると、好意も湧く。

同じものを同じように美味いと思えることは大切なんだと思った。

生田目は社長といえども会社員なので、会社に行く。

なるべく会社に行かずに済ませるために、書斎でパソコンを叩いて済ませているようだが、それでもやはり出る時は出る。

そうなると、俺は一人ですることがなくなってしまう。

この時間が、退屈だった。

昼食も適当に済ませてしまうし、テレビを観るかゲームをするか、寝ているだけ。

何かを思い出そうとするのもこの時間帯だが、他人の家では思い出に繋《つな》がるものもなく、あまり成果は得られなかった。

書斎以外は好きなところに入っていいと言われたが、気が引けて共用部分と自分の部屋以外に立ち入る気にならなかった。

十七階の窓から眺める街。

ガラスの向こうの世界。

まるで軟禁されてるみたいだ。

もう少し落ち着いて、もう少し何かを思い出したら外へ行けるのかもしれないが、暫くはこの軟禁生活で我慢するしかないだろう。

夕方になると、冷蔵庫の中を見て、夕飯を作る。

生田目は、以前俺が使っていた携帯電話は事故でオシャカになったということで、新しいのを買ってくれていた。

仕事で遅くなる時には、その電話にメールが入る。

買ってきて欲しいものがある時も、そこにメールをする。

マンガ本や菓子、食材やゲーム等を。

定時で帰って来れない時は、退屈な時間が長くなる。

早く帰ってくれれば、一緒に食事をする。

リビングの巨大なソファにごろごろしながら、二人で酒を飲んで、会話を交わす。

「俺と生田目はどうやって知り合ったんだ？」

俺の質問に、彼は殆ど答えてくれた。

「俺が勤めてた時の社長と、お前の会社の社長が知り合いだったんだ。お互い付き添いで同行してて何度か顔を合わせてるうちに、俺が惚《ほ》れた」

「ゲイ？」

「男も女もイケる口だった」

隠し事はしないようだ。

「俺は？」

「俺以外の男と付き合ってたという話は聞いたことがないな。女は……、結構モテてた」

「へえ」

「男前だからな」

「生田目のが男前だろ」

「お前にそう言われると嬉しいな。俺はかっこいいか？」

真顔で訊かれて、苦笑する。

男前に『俺はかっこいいか』と訊かれるとは。

「かっこいいよ。背も高いし、顔もいいし」

答えると、にこにことするのがちょっと可愛いと思ってしまう。

以前の俺はあまり褒めてやらなかったんだな。

「デートとかした？」

「飲むぐらいで、後は部屋だ。他人に見られるのは嫌だったみたいだから」

なるほど、それはそうかも。

「会って、何してた？」

「することは一つだった」

だがそういうことを正直に言われるのは考えものだ。

「俺は何時、この部屋から出てもいい？」

「何故？　何か思い出したのか？」

「いや、そうじゃないけど……。暇なんだよ。ここじゃすることもないし。仕事でも何でもいいから、時間を潰すことがしたい」

「暇か……。それじゃ、今度外へ出てみるか？」

「いいのか？」

「ああ。行きたい場所を考えておくといい。明日にでもガイドブックを買ってきてやる。スマホがネットに接続してるんだから、それで探してもいいだろう」

「俺をここから出したくないのかと思った」

「……心配だからな。ずっと閉じ込めておきたい気持ちはある。だがそれじゃ息が詰まるんだろ？」

「息が詰まるってほどじゃないけど……。何もすることがないと気が滅入る」

「だったら気晴らしぐらいいいだろう。いっそ旅行でもするか？　のんびりと温泉とか。記憶が戻って……、働き始めたらそんな時間も取れなくなるだろうし」

　記憶が戻ることが残念なのか、俺が働き出して時間が取れなくなるのが残念なのか、生田目は目線を落とした。

「俺を働かせてくれるのか?」

「お前は、俺が何と言おうと自分の好きなようにするだろう。記憶が戻ると、記憶を失っていた時のことを忘れたりすることもあるそうだ。こうやって、お前がおとなしくしていてくれるのは、今だけのことなんだろうな」

「俺はそんなに行儀が悪かったのか?」

「そういうわけじゃない。ただ……、自立した男だったのさ」

オカマっぽかったわけじゃないと聞くと、少し安心する。

今の俺はゲイのことはよくわからないが、俺達の関係は男と女のようなものではなく、対等だったようだ。

「旅行か……。いいかもな」

「海でも山でも、好きなところを選べ。海外は……、パスポートを持ってるかどうかわからんからなぁ。部屋に行った時に見てみよう」

「海外旅行なんか行ったことないよ」

「覚えてないだけだ。社員旅行があるだろう?」

「なるほど。俺ってどんな会社に勤めてたんだ?」

「建築関係だったと思う。お互い、仕事のことはあまり話さなかったから」

「そんなもんか？　恋人なのに？」

「黒河は口出しされるのが嫌いだったから」

俺がサラリーマンねぇ……。

何となく合わない気がするが、建築関係というのは納得する。

だからどこか体育会系の考え方なんだろう。

「凝った料理を覚えたらどうだ？　暇なら、料理人を目指すって手もある。上手くなったら店を出してやってもいい」

「生田目はホントに金持ちなんだな。厭味じゃなく」

「死ぬほど働いたからな。色々汚いこともした。今やっと、まともな生活ができてるってとこだ」

「へえ」

生田目と話すことは嫌じゃなかった。

今の生活の中でたった一つの娯楽ということもあるが、隠し事をせず、すぐにくれる答えは軽妙で楽しい。

この豪華な部屋から、もっと気取ったやつかと思っていたが、そんなこともない。

彼は、今の俺との距離を計りながら、そっと近づいてきてる。そんな感じだ。

だから、押し付けがましくなくていい。

野良猫を手なずけようとしてるみたいだ。

元の俺は相当我の強い人間だったんだろうな。

愛される、ということは嬉しい。

優しく甘やかされることも嬉しい。

だが、どこか感覚が遠い。

現実感が薄いというか……。

きっとこれも記憶を失っているせいだろう。

「黒河は甘い物が好きだったから、今日はケーキもある。冷蔵庫に入れておいたから好きな時に食べればいい」

「生田目は？」

「……俺は苦手なんだ」

生田目の目。

俺を見ている黒い瞳には見覚えがある気がする。

真っすぐで、俺だけを捉えているその目には。

だからきっと、思い出せば愛しさも湧いてくるのだろう。

だが今は、親切な男、恩人、話の合う友人としか思えなかった。

なのに、この居心地のよさに酔っている。

そして、居心地の悪さに落ち着かない。

「そろそろ寝るよ」

「そうか。おやすみ」

「ああ、おやすみ」

こうして、退屈で、収まりの悪い一日を過ごし、俺は一人ベッドに入る。

そんな日々が、続いていた。


「パチッてこいよ」

と言ったのは、後藤《ごとう》だった。

「いいじゃん、紙袋に入れてさ、できるだけパクろうぜ」

その言葉に乗ったのは、井上《いのうえ》だ。

「今は売るのに身分証明書がいるんだろ？」

と俺が言うと、後藤はにやにやと笑った。

「大丈夫。布施《ふせ》の学生証持ってっから」

布施……。

それは思い出せないな。

「悪いヤツだな。泣いたろ？」

「何言ってんの、俺は優しいよ。後でちゃんと分け前やるって言ってあるもん」

「分け前じゃなくて、口止め料だろ」

そこにいた人間が皆笑う。

みんな、学生服を着ていた。

白いシャツに紺のブレザー。シャツの襟を大きく開けて、ニットのネクタイは辛うじて首にぶら下がってるという、典型的な不良の格好だ。

俺は……、俺も同じ格好をしていた。

ネクタイなんて、セン公の前だけでキチンとしてりゃいいもんだと思ってたから。

「駅前の本屋、防犯カメラ入ってるって話だぜ」

「大丈夫、死角作るから。みんなで行って、囲みゃいいんだよ」

これは、高校の時か？

いや、俺は中学の時に家を出たのだから、まだ中学生の頃だろう。

そうだ。俺はこの時、ダチと一緒に本屋で万引きして、それを古書店に売って、金を得たのだ。

それでメシを食って、中古のゲームソフトを買った。

俺は……、不良だった。

それも皆から一目置かれるほどの。

「なあ、黒河。バイク欲しくねぇ？」

と言われ、俺はにやりと笑った。

「コンビニの裏の駐車場んとこに、狙ってるビッグスクーターがあるんだ。プラグ繋いで、あれ持ってこうぜ」

覚えてる。

あれは、コンビニの店長のだった。

上手く盗んで、三日ほど乗り回し、以前、盗みをしてる最中を見つけて渡りをつけていた外国人の故買屋に売ったのだ。

その金で、映画を観に行った。

「なあ、黒河。お前んとこ、オフクロ出てったたって？」

「あの女、店の客とデキてたんだよ。お陰でジジイが酒癖悪くなってたまんねぇぜ」

母親は、バーで働いていた。

けばけばしい女だったが、美人だったと思う。

父親は工事現場で働いていたが、足場から落ちて足を悪くし、働けなくなったのだ。それで母親が水商売に入り、親父は会社の補償金で飲み歩くようになっていた。

嫌な家だった。

嫌いだった。

「不動《ふどう》さんが、また遊びに来いって言ってくれてたぜ。今度また行かないか？」

後藤の誘いに、今まで黙っていた大野《おおの》が嫌な顔をした。

「あの人、マジホンのヤクザだろ？　あんまり近づくなよ」

「そうだけどさ。ちゃんとした会社の役員もやってんだぜ」

「会社自体がそういうトコなんだろ。それより、進学のこと考えろよ」

「俺工専行くもん。黒河は？」

「俺は高校行く余裕もねぇかもな」

「あのオッサンじゃな……」

嫌な記憶だ。

自分が惨めで、先が真っ暗だった頃の記憶だ。

思い出すと、腹の辺りが、ずんと重くなる。

あれから俺はどうしたんだろう。

あれから俺はどうなったんだろう。

目の前にあるのは、いつも暗い道だった。

何もかもが嫌いで、自分が何者にもなれないのだと知っていて、それがまた絶望感を生み、ヤケになっていた。

俺は、そんな人間だった。

少なくとも、中学の頃までは……。


目が覚めると、夢で見たことを覚えていて、気が重かった。

「ロクな人間じゃねぇな……」

夢が、ただの夢でないことは実感していた。

あれは記憶だ。

俺が現実、過ごしてきた時間だ。

貧乏で、環境も悪く、環境だけでなく自分自身もワルだった。

同じ貧乏だったとはいえ、今は会社の社長なんぞをやっている生田目と、釣り合いがとれるような人間ではなかった。

生田目は、それを知っているのだろうか？

俺は、彼に過去のことを話したのだろうか？

「思い出したくねぇな……」

ベッドから降り、パジャマのまま風呂場へ向かう。

部屋のあちこちに朝の光が零れていて、とても明るい。

ここは、自分にはそぐわない場所だ。

そのまま熱いシャワーを浴びて、身体は洗わず夢と共に汗を流した。

あの後、俺は更生したのだろうか？

親父との生活に疲れ、男と逃げ出した母親が戻ってきたとは考えにくい。母親がいなくなったことで目が覚めて親父が働き出したというのもあり得ない。

ああ、そうか。

生田目が、俺は中学の時に家を飛び出したと言っていたっけ。

確かに、逃げ出したくなるような家だった。

まだ未成年のガキが、保護者もなく家を出て、何ができただろう?

女ならウリで稼げるだろうが男では……。

それとも、ゲイになるくらいだから、身体で稼いでいたのだろうか?

どうせ着替えるのだからと、風呂を出てパンツとパジャマの下だけ穿いて鏡を見る。

明るい茶の髪。だが根元が黒いところを見ると、抜いたか染めたか。だが、チンピラっぽい派手な色ではない。

少し長いのは、入院生活のせいかもしれない。元の髪形はわからない。坊主でなかったことは確かだが。

顔は、黒目はデカいが、童顔でも女顔でもない。免許の写真にあったように睨みつけると、それなりに脅しの効く顔だ。

身体は、一カ月近くもベッドの上で転がっていたにしては、まだ筋肉が残っている。

腹筋も、辛うじて割れている。

事故の前はいい身体をしていただろう。

「少し、運動すっかな」

口をついて出てくる言葉は、お上品なものではなかった。

夢に引きずられているのか、ずっとこのままだったのか……。

風呂場のドアを開け、喉が乾いたとキッチンへ向かい、冷蔵庫からペットボトルの水を出して飲み干す。

「黒河」

名前を呼ばれて振り向くと、既にワイシャツにズボンという格好に着替えた生田目が立っていた。

何故か緊迫した顔をしてる彼に、「おはよう」と声をかけると、その表情が緩んだ。

「風呂に入ったのか？」

「シャワーだけ、な。夢見が悪くて」

「夢？　どんな？」

言ってもいいだろうか？

言わない方がいいだろうか？

「起きたら忘れた」

一瞬考えてから、俺は言わない方を選んだ。

彼が俺の過去を知っていたとしても、口に出したい思い出じゃない。

「腹、減ったか？」

「いや、あまり。でも生田目は減っただろう。今何か作る」

空になったペットボトルをゴミ箱に捨て、彼の横を通り抜けようとしたが、生田目が俺の腕を掴んで引き留めた。

「何?」

「退院してから、もう十日以上経った」

「ああ、そうだな」

「体調は？　目眩や頭痛は?」

「ない。健康そのものだ、身体はな」

「それじゃ、お前を抱いてもいいか?」

突然の申し出に、身体が硬くなる。

「今日まで我慢した。だがもうそろそろ我慢の限界だ。一度でもいい、お前の身体を味わわせてくれ」

そうだった。

彼はただ『優しい人』ではなかった。

俺の恋人なのだ。

だから、こんなに親身に世話をしてくれるのだ。

俺は、自分の格好も反省した。

男同士だからと気にもかけず上半身裸のままウロウロしていたが、俺を性的対象にしている生田目にしたら、女がトップレスでウロウロしてるのと一緒なのだ。

「俺達は……、そういうことをしてたのか？」

「してた」

「どっちがネコでどっちがタチ？」

「お前がネコだ」

ネコは女でタチは男。つまり俺が女役で生田目に抱かれていたってことだ。

「俺には……、まだ突っ込まれる覚悟がない」

「それなら、ペッティングだけでもいい。黒河の肌に触れたい」

感謝はしている。

好意もある。

だが俺はまだ彼を愛しいとは思っていなかった。抱かれたいとも思っていない。

なのに何故だろう。

彼の目に真っすぐ見つめられると、胸の奥がざわついて、言うことを聞いてやってもいいような気持ちになる。

「……インサート無しって約束するなら」

「約束する」

飢えた、男の目だ。

懇願じゃない、ねじ伏せたいという欲望の目だ。

それに反感を覚えるのは、俺が男だからだろう。だが、心のどこかで、『したい』という気持ちもあった。

それもまた男だからかもしれない。

入院中から考えて一カ月以上ご無沙汰だったのだから。

「いいよ」

どうせ綺麗《きれい》な身体ではないだろう。

この男にはもう抱かれているのだし、一度くらい触れさせても問題はないはずだ。それに、これで世話になってる礼になるのだと思えば。

「痛いのはやめてくれよ?」

「ああ」

「会社は?」

「休む。メールを入れる間だけ待っててくれ」

「そんなんでよく社長が務まるな」

俺は笑ったが、彼は真顔だった。

「お前を手に入れるためなら何でもするさ」

生田目はポケットからスマホを取り出して何やらメールを打つと、すぐに俺の手を取って彼の寝室へ向かった。

入ってもいいとは言われていたけれど、入ったことのない部屋。

俺が与えられている部屋と同じくらいの広さだが、ベッド以外何もないせいか広く感じる。

ベッドも、俺のものより大きかった。

「俺はどうすればいい？」

「マグロでいい。俺がしたいだけだから」

言われたまま、ベッドへ上がって布団の中に潜り込む。

そこにはまだ生田目の温もりが残っている気がした。

彼はワイシャツを脱ぎ、ズボンを脱ぎ、下着も脱いでから、布団を捲《めく》り、ベッドに上がってきた。

捲られた布団は元に戻されることはなかったから、横たわった俺が彼の供物のようだ。

「俺も脱ごうか?」

「肝が据わってるな。今のお前は男に抱かれるのは初めてなんだろう?」

「だが実際は何度も抱かれてるんだろ?」

「ああ。何度も抱いた。お前は、少し乱暴なくらいが好きだった」

「へえ……」

少し引くな。他人から自分の性生活を教えられるのは。

「だが今日は優しくする」

彼は横たわった俺の隣に座り、まるでそこに本当に俺がいるのかと確かめるように指先でそっと触れてきた。

肩から胸へ、そして腹へ。

「くすぐったいな」

「そうか?」

生田目は全裸だったので、ちらりと見ると、彼のイチモツが見えた。

まだ勃起していないが、なかなかの持ち物だ。

あれを俺は自分のケツに咥《くわ》えていたのか。

指はパジャマのズボンの中に滑り込み、下着の中へ入り、俺のモノを握った。

硬い指が、俺のペニスを握る。

「風呂上がりで柔らかいな」

そのままシコられるのかと思ったが、彼はすぐに手を抜いた。

「怖いか？」

「……いいや」

「そうか」

手が、パジャマのズボンにかかり、下着と共に一気に引き下ろされる。

剥き出しになった俺のモノも、まだ勃起してはいなかった。

取り去ったズボンと下着は、彼の手でベッドの外へ投げ出された。

「黒河……」

隠すものがなくなった場所に、彼の顔が近づく。

「黒河」

生田目の男前の顔が俺の性器に近づく。

見ない方がいいと思うのに、目が離せない。

薄い彼の唇から覗いた赤く長い舌が、彼の手で持ち上げられた俺のペニスの先端をぺろりと舐《な》めた。

視覚と触覚。

いつもキチッとしている生田目が俺のモノを舐めているという光景と、生温かく濡《ぬ》れたものが触れた感覚が、俺に火を点ける。

「愛してる」

一言呟いてから、彼の口は俺のモノを咥えた。

「……あ」

手で支えたまま、生田目は俺のモノをしゃぶり始めた。

唾液の立てるいやらしい音。

敏感な場所に容赦なく与えられる肉感。

軽く歯を当てたり、舌先で先端の鈴口を割ったり、まるでアメかアイスキャンディーでもしゃぶってるみたいだ。

だが、刺激は確実に届いた。

柔らかくてぬめぬめとしたものが、女の穴に似てる。

そう思って、自分が女の中を知ってることに安堵《あんど》した。

だよな、皮は剥けてるし、ちゃんと使ってやってたんだ。

「少し勃ってきたな」

「そりゃ、そこを舐められれば」

「だがまだ溺れるってほどじゃない」

「よくわかんねぇよ。俺が突っ込んだらダメか？」

「舐められて勃たねぇんじゃ、俺で勃つとも思えないからダメだ」

それもそうか。

引き締まった身体の生田目を美しいとは思う。ギラギラして、色気も感じる。

だからって濡れる……、いや男だから勃つ、か。勃起するわけじゃない。

「しょうがないな。ちょっと待ってろ」

言うと、彼はベッドを降りてコンドームとローションを持って戻った。

「……変なクスリが入ってるローションじゃねぇよな？」

「入ってない。市販品だ。見てわかるか？」

見せられたローションのボトルは、俺も知ってる名前だった。

「男の手はゴツゴツしてるからな。これくらい使った方がいいだろう」

「そっちは？　中には入れないんだろ？」

「後で教える。安心しろ、入れないさ。男は使わないとすぐに処女に戻る。今のお前には俺のはキツイだろう」

その言葉で少し安心した。

生田目はローションを自分の手に零し、まるでハンドクリームを塗るように掌いっぱいに広げると、俺に起きろと命じた。

身体を起こし、ベッドの上に座ると、背後から腕を回して胸に触れた。

さっきとは違う、ぬるりとした感覚が胸を探る。

「何で後ろに？」

「まだ男の裸に慣れてないみたいだからだ」

指が、乳首を摘まむ。

ローションで滑って上手く摘まめなくて、するりと逃げる。

もう一度摘まんで同じ動きを繰り返すから、それがわざとなのだと気づいた。

何度が逃した後、指は突起を摘まみ、今度はぐりぐりと擦った。

擦り合わせる指と指の間に挟まれ、小さな乳首が潰される。

痛むほど強い力ではなく、くすぐったいほど弱くない。

さっきフェラチオで濡らされたペニスが、気化熱のせいかスースーして、そこもまた変な感じだ。

「う」

背後にいる生田目が耳を舐める。

耳たぶを舐《なぶ》り、濡らす。

耳元に響くクチャクチャした音と、寄り添う彼の身体の熱が、尻の辺りに当たる彼のモノが、卑猥《ひわい》さを演出する。

「あ……」

遂に、俺は声を漏らした。

驚きでもなく、言いかけた言葉の端でもなく、あきらかな嬌声《きょうせい》を。

恥ずかしくなって唇を噛《か》み締めたが、恥ずかしいという気持ちが俺を『そちら側』へ引きずり込んだ。

耳元で、胸元で、くちゅくちゅといやらしい音がする。

触れられてないのに、自分のモノが勃ちあがり始める。

胸を触られるのも感じるが、もっと明確な刺激が欲しくて、俺は自分のモノに手を伸ばした。

「だめだ、触るな」

「もどかしいんだよ」

「それでも触るな。脚を開いて、俺の愛撫《あいぶ》で勃起するのを見てるんだ。焦れてるだけで感じてくるぞ」

声のトーンが低い。

命令することに慣れてる声だ。

命令されたくないと思いつつも、手を離し、あぐらを崩したような格好で脚を開く。

「あ……」

指はぷっくりと膨らんだ乳首を乱暴にこねくりまわす。円を描きながら、先だけを弾いて遊んでいる。

ここまでの行為なら、相手が男でも女でも関係ないから、身体も反応していた。

生田目が言った通り、もどかしい愛撫のせいで、俺はすっかりその気になっていた。

もっと触って欲しい。

もっと強く、感じさせて欲しい。

勃起して、形を変えてゆく自分のモノが、それを顕著にもの語っている。

「なばた……め……」

「何だ？」

「我慢できない……」

「我慢しろ」

「できない……」

「しょうがないな、記憶がなくても淫乱なとこだけは変わらねぇな」

笑う声。

俺は淫乱だったのか？

胸をいじられてるだけで勃ててるなら、そうなのかもしれない。

「俯《ふ》せになれ」

「入れないって……」

「入れねぇよ。約束は守る。素マタでするだけだ。だから後ろをむいて、尻を出して俯せになるんだ」

約束は守ってくれるだろうか？

疑いは残っていたが、身体が我慢できなかった。

彼が手を離すから、顔を伏せて俯せになる。

土下座のような格好でいると、彼が尻を軽く叩いた。

「膝を立てて尻を上げるんだ」

言われた通りにしたが、彼はすぐには触れて来なかった。

何をしてるのかと振り向くと、また手にたっぷりローションをつけている。その濡れた

手が、俺の内股に触れた。

「う……」

ぬるぬるとした手が、俺の股間を隈無く触る。

腿《ふともも》も、タマも、脚の間から手を伸ばして前にも。

「……風俗みてぇ……」

「そう思ってればいい。風俗のアナルプレイだとでも」

「アナルって、穴は使わないって……」

濡れた手が、尻を撫《な》でる。

撫でた手の中に、異質さを感じる指がある。

「あ……！」

それの正体を知る前に、指が穴に入ってきた。

「ばか……、入れないって……っ！」

「指だ。こっちがお留守じゃお前が可哀想だからな」

「そんなの……っ」

指の滑りがよすぎる。

先が入ったかと思うと、グッと中に押し込まれる。

「……ひっ」

快感はないが痛みもなかった。違和感は強かったが、たっぷりと塗られたローションのせいで、指が動いても擦れる感じもない。

「あ……っ、や……っ！」

中に入った指が動く。

なんでこんなにスムーズに動くんだ？　俺の身体が慣れてるからか？　ローションのせいなのか？　本当に指なのか？

「なばた……、それ……っ」

内股に、硬くなった彼が当たった。

「脚を閉じろ」

「それ……」

「それ？　指がいいのか？」

確認するように中が動く。

「ホントに指……」

「指だ。中指一本だ。足りないなら増やしてもいいが」

「違う……っ、そういう意味じゃ……」

「いいから脚を閉じろ。こっちも早くイきたいんだ」

少し脚を動かすだけで、指を咥えた場所がヒクつく。その度に、そこにある異物を強く感じる。

早くイきたくて、ぴったり脚を閉じて彼のモノを挟み込むと、生田目はもう硬くなっていた俺のモノを握った。

「あ……、ひ…っ。や……。いい……っ」

濡れた手が俺を擦る。

滑りのよい内股で彼が動く。

指は中を掻《か》き、激しく出し入れを繰り返す。

どれが、俺の快感を呼んでいるのか、わからなかった。

だが確かに俺は感じていて、快感を覚えていた。

「黒河、俺の名前を呼べ」

腰が動く。

「なばた……」

「そうだ。もっと大きい声で」

「生田目……」

三つの動きが激しくなり、連動する。
この男の名前が呼びたい。
「生田目、生田目、生田目……」
繰り返しているうちに、そんな思いが頭を過る。
呼びたい。
もっと大きな声で。
俺は、この男の名前を口にしたい。
『生田目……っ！』
頭の中に響く声。
俺は……、確かにこの男の名前を呼んだ。怒りにも似た大きな声で。
そうだ。
彼は俺を見ていた。
俺も彼を見ていた。
何かを思い出しかけているのに、身体を侵す快楽が思考を鈍らせる。
記憶よりも、今ここでイきたいという本能が考えることを停止させる。
「あ…、あぁ……っ。イクッ……」

彼は前髪を上げていた。

スーツを着ていた。

誰かの隣に立って、俺を見て笑った。

「生田目……っ！」

だが思考はそこで中断した。

腰の辺りから生まれた焦燥感が、彼に嬲《なぶ》られることで満足し、絶頂を迎えたから。その白くスパークするような感覚に、全てが押し流されてしまった。

「……………あぁ…」


滑りのよい指の正体は、コンドームを纏《まと》わせたせいだった。

運動をサボっていた身体にセックスはキツく、終わった後は、ずっと閉じていた脚に疲労を感じた。

「イッたな？」

満足げに微笑む生田目に、少しムカつく。

「お前だって俺でイッただろう。股が汚れた」

吐き出してしまえば全て終わり。それが男のセックスだ。

「ベタベタして気持ちが悪い」

「風呂に入ればいいさ。もう何もしないから、一緒に入ろう」

「お前は嘘《うそ》はつかないが、策を弄するタイプだ。信じられない」

「酷いな。約束通りインサートはしなかっただろう?」

「指を入れた」

「指ぐらいいいだろう」

よくない、とは言い難い。

生娘じゃあるまいし。

「男としての何かが傷つくんだよ」

言ってから、その何かを傷つけてもいいと思うくらい、以前の自分はこの男を好きだったんだな、と思った。

「お前は男だ」

生田目が俺の頭を軽く撫でる。

「男として男が惚れるくらいのな」

「意味深」

「はは……」

声を出して笑ってから、彼は枕元のサイドテーブルの上に置いてあったタバコを取り出して吸い始めた。

「一発終わった後にすぐタバコを吸う男は最低だって、ナガサーのオンナが言ってたらしいぞ」

何げなく口から出た言葉に、こちらが驚くほど形相を変えて生田目が振り向く。

「……思い出したのか?」

「いや……」

必死な顔に見えた。

俺が何かを思い出したことを、喜んでる顔には見えなかった。

「今、長沢《ながさわ》と言っただろう」

「わかんねぇよ。ただ口から出ただけだから」

『長沢』……。

俺が口にしたのは『ナガサー』という言葉だった。それを彼は瞬時に『長沢』という名前に変換して問いかけてきた。

ということは、俺の周囲に『長沢』という男がいて、彼はそれを気に入らなかったということだろう。だから喜んだ顔をしなかったのだ。

「長沢って男がいたのか？」

素直に口に出して尋ねると、タバコを持つ彼の指が微かに震えたように見えた。

「……いた」

答えるべきかどうか悩んだように、短い間を置いてから返事をする。

「俺の何？」

また間が空く。

「後輩だ。仕事の」

「嫌いだった？」

「嫌いだった」

今度は即答だ。

何だ、さっきの顔は、俺が彼の嫌いなヤツの名前を一番に思い出したからか。

「俺にも一本くれよ」

「お前のとは銘柄が違うぞ？」

「何吸ってたかなんて覚えてねぇからいいよ」

彼は青い、煙の中で踊る女のシルエットがついたタバコの箱を差し出した。

一本取り出して咥えると、すぐに火が差し出される。

「ベッドに灰を落とすなよ」

灰皿も、転がってる俺のすぐ横に置かれた。

「長沢は……、いつもお前の側にいた。オンナがいるならそういうつもりはなかったんだろうが、黒河に纏わり付いてて、目障りだった」

「妬いてた？」

「ああ」

互いの吐き出す煙が薄く立ちのぼる。

「俺は、お前の側にいる連中全員に妬いてた」

「……嫉妬深いな」

「そうだな。自分でもそう思う。だがそれを表には出さなかった」

「我慢強い？」

「それもあるが、惚れた方が負けって言うだろう。俺は、お前に負けたくなかったんだろうな。こっちが惚れ込んでるとわかったら、バカにされるかと思った」

「恋人なのに？」

「恋人になる前さ」

そんなもんか？

「お前は白っぽいスーツが好きで、会う度に色の違うネクタイをしていた。靴にはこだわりがあるみたいで、いつもピカピカにしてたな」

「カッコイイじゃん」

「カッコよかったよ」

「髪は？　お前みたいにオールバック？」

今は乱れてるから、年が近く感じるが、オールバックにしてる時には、彼の方が少し年上に見える。

「今と同じだ。好き勝手にさせてたな。……少し伸びたか？」

手が伸びて、俺の髪に差し込まれる。

愛おしそうにこちらを見る目に、惹き付けられる。

「俺、生田目の目が好きみたいだ」

「目？」

「その目で見られてたことを、覚えてるみたいだ。お前、いつも真っすぐ俺を見てただろう？　目を逸らさずに」

手が離れ、彼が苦笑する。

「見てた」

「それ、きっと覚えてる」

「そうか」

こういうのを、ピロウトークって言うのかな。それとも意味が違うか？

「風呂に入ったら、着替えてメシでも食いに行くか？」

「外に出てもいいのか？」

誘いに喜び、身体を起こす。

「男としての何かを傷つけた詫《わ》びだ。好きなモン食わせてやるよ。肉でも、寿司でも」

「肉。肉がいい」

「焼き肉か、ステーキか、すき焼きか」

「ステーキ」

「いいだろう。お前が食ったこともないようないい肉を食わせてやる。じゃ、風呂へ行こうか」

生田目は短くなったタバコを灰皿で消すと、先にベッドから降りた。

肉に釣られて、俺もタバコを消してそれに続く。

尻の穴にはまだ違和感があったが、突っ込まれたわけじゃないから、歩くのに支障はなかった。

それでも、まだ指の名残を感じてついキュッとそこを締めてしまう。

一緒に風呂に入ったが、彼は約束を守ってもう俺には触れてこなかった。

俺は白のポロシャツにパンツだが、彼はいつものスーツ姿に着替え、部屋を出る。

彼の高級外車で向かったのは、郊外のステーキハウスで、個室で出された肉はとても美味かった。

その時、生田目が俺より二つ上だと知って、彼がイニシアチブを取るのは仕方がないかと諦めた。

優しくされている。

そう思う度に後ろめたさを感じる。

男としてのプライドというのではなく、彼のその優しさが愛情だと分かっているのに、自分にはその愛情がないからだ。

セックスをしても、彼を思い出さなかった。

以前もこんなふうに抱かれた、と思えなかった。

ただ、彼の名前を思いきり呼びたいとは思ったけれど、愛しくて胸が締め付けられるという感じではない。

愛されてるのに、愛を返してやれない。

自分のクソみたいな過去は思い出したくないが、彼を愛していたことは早く思い出したい。

彼の代わりに車に轢かれてもいいと思うほど、この男を愛したのなら、その激しい気持ちを味わいたい。

いい友人になられてると思う。

だが、恋人には戻っていない。

身体を重ね、快楽を共にした後だからこそ、俺は思い出したかった。

彼と過ごした甘い日々というヤツを……。


「お前の預金通帳とカード、それにパスポートと服も少し持ってきた」

彼に抱かれた翌日。

夜遅くに戻ってきた生田目は、そう言って俺の前にブランド物のキャリーケースを差し出した。

「わざわざこんな高いカバンに入れなくても」

と言うと。

「これはお前の部屋にあったものだ」

と言われた。

俺はこんな高い物が買えるくらいの金を持ってたのか。

少し驚いたが、渡された通帳に記載された額を見て、更に驚いた。

一つの通帳に数千万ずつ三冊。そこには一億近い金が入っていたからだ。

思わず通帳の名義を見たが、確かに『クロカワケイ』と書かれている。

もしかして、俺に渡す前に生田目が振り込んだのではとも疑ったが、入金は俺が入院する以前の日付だった。

ただ疑問に思ったのは、会社員だったはずなのに、振り込みの金額がまちまちで、入金に会社名がなかったことだ。

出来高の直接払いだったんだろうか？

「部屋のカギ、どうやって開けたんだ？」

「事故の時のお前の所持品の中にあった」

「お前が持ってるのか？」

「ああ」

「俺のだろう？」

「……事故でひしゃげてたんで、直しに出してたんだ。やっと直ったから使ってきた」

「じゃあ俺にくれよ。そういえば、事故の時の俺の所持品も、あるなら渡してくれ」

生田目は一瞬悩んだが、すぐに書斎からビニール袋に入れた塊を持って戻ってきた。

「見せたくなかったんだがな。ほら」

渡された袋の中身を、リビングのテーブルの上に開ける。

彼が『見せたくなかった』という意味がよくわかった。

病院で目が覚めた時、俺の外傷は脚に少しの切り傷と、腕の打撲程度だった。

だがその脚の怪我からの出血のせいだろう。白っぽいスーツは血塗れで、血液が変色して黒くなっている。

乾いた血は肌にこびりついて服が脱げなくなるから、服は切り裂かれていた。

スーツの上着には、タイヤの跡もある。

「俺、よく無事だったな……」

「無事じゃない」

「これを見ると死んでもおかしくないくらいだってことさ」

「……どうして、俺を助けたんだ？」

「そりゃ、愛してたからだろ？　恋人なんだから」

「そうか……。そうだな」

「納得できないのか？」

「……命をかけてくれるほど愛されてるとは思ってなかった」

「お前は？」

「俺？」

「お前なら、車に轢かれそうになった俺を、身を挺して助けてくれるか？」

「当たり前だ」

「だったらいいじゃねえか。一緒だってことで」

「……ああ」

実際に怪我をした俺よりも、傷ついた顔をするから、俺は笑ってみせた。

血に汚れた財布とキーケースは、彼が持って戻ったキャリーケースと同じブランドの物だった。

俺はこのブランドが好きらしい。

財布の中身は一万円札が結構な枚数入っていて、それには血が付いていない。このまま使えるだろう。

ただ、財布のポケットには、明らかに何かが入っていた膨らみの跡があるのに、実際には何も入っていないのが気になった。

名刺か、何かのカードがあったんじゃないだろうか？

銀行のカードを別に渡されたから、これが入っていたのかも。

「カギは？」

「……渡したくない」

「どうして？」

「渡したら、お前がここからいなくなってしまう気がするからだ」

「いなくなるって」

「帰る場所ができたら、俺と暮らしてくれなくなるかもしれない」

生田目は俺を抱き寄せて、許可を取らずに口づけた。

「離したくないんだ」

「俺はもう健康なのに、ちゃんとお前の言い付けを守って一歩も外に出てないんだぜ？それでもまだ信用できないってか？」

返事はくれなかった。

「……わかったよ。じゃ、ちょっと見せてくれ。何か思い出すかもしれないし」

渋々と、彼がポケットからカギを取り出す。

新しく作られたカギは、見覚えのないものだった。最初から、カギを見たくらいで何かを思い出すと思っていたわけじゃない。ただ、カギの形を見たかっただけだ。

「思い出すか?」

「いや。でも、俺はそのカギを渡して欲しいと思ってる」

「黒河」

「信用されないのは辛い」

「部屋に戻らないと約束してくれるなら、渡してもいい」

「部屋に戻った方が記憶は戻るかも知れないぞ? 生活してた場所なんだから」

俺がそう言うと、彼は示してくれていたカギを握り込んだ。

「もう少し後だ」

「もう少しって何時だよ」

「もう少し、お前が思い出してからだ」

部屋に、何かマズイものでもあるのだろうか?

「じゃ、ここのカギをくれ」

「ここの？」

「近所に散歩ぐらい行ってもいいだろ？　その時にカギがないと戻ってこれない。合鍵の一本も作ってくれ」

彼は何故かそれに対しても少し迷っているふうだった。

「わかった作ってやる」

「そういえば、そろそろ薬もなくなってきたから、病院にも行きたいんだけど」

「明日にでも連れて行こう」

「俺は、一人で外へ出てもいいよな？」

念を押すように訊くと、生田目は目を逸らした。

「生田目。約束しただろ？」

「わかってる。……わかってる。合鍵ができたら、散歩ぐらいすればいい。ただし、ここのカギはディンプルキーで、合鍵を作るのにも時間がかかる。今日、明日ってわけにはいかないぞ」

「今日まで我慢したんだ。もう少しぐらい待つさ」

それでも、外に出ていいと言ってくれるのだから。

生田目は、口にしたことを守る。

今日までの日々で彼を信じられるぐらいにはなった。

「お前、過保護だよな」

「かもしれない。お前を失うのが怖いんだ」

彼はまた俺を抱き寄せ、今度はそのまま離さなかった。

目の前で、恋人が血塗れで倒れているのを見た。それが彼をこんなにも臆病にしているのだろう。

時折見せる子供のような執着心や心細さは俺のせいだと思うと、可哀想だった。

身体の傷より、心の傷の方が深いものだから。

「大丈夫だって。二度も事故にあったりしねぇよ」

子供にするように頭を撫でると、俺を抱く彼の手に力が籠もる。

「大丈夫。すぐにちゃんと思い出すから」

と言うと、更に強く抱き締められ、唇を奪われた。

舌が唇を割り、中に侵入する。

貪るように激しく、深く、キスされ、身体を預けられる。

身構えていなかった俺は、そのまま床に押し倒された。

「生田目……！」

突然何をするのか、と怒る俺のシャツの裾から手が入り込んで胸をまさぐる。

「よせ、していいと言ってねぇだろ」

「軽くだ」

「軽くも重くもないだろ。ここはリビングだぞ」

「場所なんて関係ない。お前が欲しいんだ」

「生田目……！」

テーブルとソファの間に横たわった身体は逃げ場所がなく、彼の手がファスナーを引き下ろすのを止められなかった。

「あ……」

中からソレが引き出され、咥えられる。

「……っ」

舌が絡む。

執拗な愛撫が始まる。

舐められるだけで、すぐに反応してしまう。

「何ガッついてんだよ……」

返事がないまま、彼の愛撫が続く。

舌は丁寧に俺のモノを舐め、指がそれを助成する。

この間より的確に、俺の感じる部分を攻めてくる。

「男のナントカが傷つくんなら、目を閉じてりゃいい。女に舐められてると思えばいい」

「そんな……ゴツイ手の女がいるか……」

「悪いフーゾク入ったな、黒河」

吸われる。

噛まれる。

舐められて、擦られて、握られて、勃てられる。

目を閉じていれば、生田目がしているところは見えない。彼の言う通り、風俗に行ったと思えないこともない。

でも、俺は見たかった。

生田目が俺を咥えてるところを。

絶対に、彼は俺のモノを咥えたことがあるはずだ。

男に、恋人に、舐められるというのは、恥ずかしかろうが、嬉しかろうが、鮮烈な記憶となって残ってるはずだ。

もし強引にされていたとしても、それはそれで嫌な記憶として残っているはずだ。

だから、その姿を見て、思い出したかった。

撫でつけた前髪が、少し乱れて、一房落ちている。

その髪の向こうに、彼の高い鼻、更にその向こうにちらちらと見える赤い舌と俺の硬くなり始めたペニス。

なかなかの光景だった。

生々しくて、刺激的だった。

けれど、俺の頭にはこなかった。

白紙の頭の中に、同じ絵のページは見つからなかった。

「どうした？　悦《よ》すぎて声も出ないか？」

からかうように言って、俺を舐めながら生田目が上目使いで俺を見る。

口元は見えなくても、目が、にやりと笑っていた。

『どうした、黒河。それで終わりか？』

「あ……」

頭の中に彼の声が響く。

今の彼じゃない。以前の彼だ。

挑発するようなその声と、俺をからかうような視線がカチリと頭の中でハマる。

その瞬間、『あの生田目が俺のモノをしゃぶってる』という現実に背筋がケバ立った。

「あ……っ！」

彼の手の中で、一気に俺が膨張する。

「なん……で……っ」

ぞくぞくする。

愛しさじゃない。

何かもっと別の感覚だ。

「ここがいいのか？」

誤解した彼がまた俺の先端を舐めた。

肉体に与えられた刺激も性欲をかき立てたが、それ以上に『生田目の舌が俺のモノを舐めている』光景に鳥肌が立つ。

「離れろ……っ」

「どうして？」

「出る」

「いいさ、出せよ」

「ばか、汚れ……る……」

「飲むから大丈夫だ」

「飲むって……、あ……っ！」

言葉通り、彼は俺のモノを根元まで咥え、すすり始めた。

先漏れで溢《あふ》れてしまったものを、彼が飲んでる。

生田目が、俺の精液を飲んでる。

「あぁ……」

どうして、こんなに興奮するんだろう。

『彼』が『してる』という符号に、自分の中の何かが反応してる。

生田目の指が、ズボンの上から俺の尻を撫で、穴の辺りを指で突いた。

入れられたわけではないのに、昨日中を掻き回された感覚が蘇《よみがえ》り、尻に力が入る。

「それやめ……っ」

制止を口にしたが、もう遅かった。

さんざん前を嬲られた身体は、簡単に射精してしまった。

中に残るものまで吸い上げてから、わざと身体を起こして生田目は俺に見えるように喉を鳴らして口の中のものを飲み込む。

「飲んだぜ」

笑う。

厭味ったらしく彼が笑う。

その顔に胸の奥が熱くなる。

「不味いな」

だがその熱が何なのかを考える前に、俺は彼の顔を叩いた。

「ところかまわずサカるな！」

慌てて起き上がり、自分の部屋へ駆け戻る。

「おい、黒河！」

ドアを閉め、身体で押さえてから自分の乱れた服を直し、その場に座り込んだ。

早かった。

昨日よりずっと、イくのが早かった。

一度『入れる』感覚を味わったせいで、布ごしに弄られただけなのに尻で感じてしまった。

「黒河」

「うるさい」

生田目が自分を愛撫する姿に、興奮していた。あいつは男なのに。

「悪かった。だが我慢できなかったんだ」

「我慢できなきゃ何でもしていいと思ってんのか」

フラッシュバックする今の光景。

俺のを舐める生田目。見上げる目、動く舌、俺のスペルマを飲み下した時に動いた彼の喉。

もうイッてるのに、肌がザワつく。

「だが悦かっただろう?」

「うるさい」

否定できない。

彼の口の中でイッたのだから。

「出て来いよ。今度はもっとちゃんとシてやるから」

悪い囁《ささや》きに胸が騒ぐ。

これは、欲しくて騒ぐのか、怒りで騒ぐのか。

「お前を愛してるんだ」

わからない。

「愛させてくれ」

わからない。

「今日はもう寝る。入ってきたらコロス」

「……わかった。荷物はリビングに置いておくから、後で自分の部屋へ持って行け」

ドアの向こう、彼の気配が消える。

それにほっとしてるのか、あっさりと去られたことを寂しいと思ってるのか。

何もかもが、わからなかった。


翌日、俺は彼の朝食の支度をしてやらなかった。

生田目が出て行くまで、部屋から出なかった。

怒っていた、というより混乱していたから。

彼がいなくなってから、ダイニングへ行くと、メモが一枚残されていた。

『謝らない。愛してるだけだ』

身勝手な言い分だ。

俺はそのメモを破ってゴミ箱に捨て、一人で朝食をとった。

生田目に怒っているのではない。

……と、思う。

もやもやとした頭の中に苛立っているだけだ。

記憶、というのがこれほど大切なものだと思わなかった。

思い出したガキの頃には、過去なんか全て忘れてやり直したいとさえ思っていた。

だが、自分を『自分』たらしめるのは、それまで生きてきた記憶なのだ。

今、生田目から与えられた『黒河』という男になって生きるのは簡単なことだ。

彼は自分を甘やかしてくれるし、セックスさえすれば働かなくてもここに置いてくれそうな勢いで愛してくれている。

でも、俺の中の『俺』が、それは嫌だと叫んでる。

生田目に優しい顔で見つめられるより、あの厭味ったらしい、挑発するような笑みを見せられた方が燃えたのがその証拠だ。

青臭いことを言うようだが、俺は彼に『見下げられたくない』のだ。

愛されて、甘やかされるのは、彼のペットになるようなものだ。

恋人であるのはいいとしても、俺は彼と……、いい言葉が思いつかないが、何かもっと違うものになりたいのだ。

優しくされてももの足りない。

彼が言っていたように、俺は乱暴にされるのが好きだったり、淫乱だったりするのだろうか?

考えたくなくて、思考を中断し家から持ってきた荷物を部屋へ運び、整理する。

持ってきた服のポケットを探ったが、中には何も入っていなかった。

生田目が用意してくれたのは、Tシャツやポロシャツや、爽やかな青年ふうの服が多かったが、家から持ってきてくれたのはスーツがほとんどだった。

まあ、会社員なら当然か。

ふと思い立って、俺は着ていたシャツを脱ぎ捨て、スーツに着替えてみた。

当然といえば当然なのだが、スーツはどれも身体にぴったりとフィットして、着心地がよかった。

その姿のまま、玄関先にある大きな姿見に自分を映す。

髪を軽く後ろに撫でつけると、背筋が伸びた。

『黒河さん』

誰かの呼ぶ声がする。

『黒河さん』
俺は『さん』付けで呼ばれる人間だった。
うん、きっとそうだ。
「長沢……。ナガサー……」
一度口にした名前を声に出してみる。
『はい、黒河さん』
返事が聞こえた気がして、俺は左の肩越しに後ろを振り向いた。
だがもちろんそこには誰もいない。
誰かが、俺の側にいた。
それは生田目ではない。
だが、恋人でもない。
生田目は……、いつも俺の正面にいた。
だから、彼の目を真っすぐに見ていたのだ。
あの目で見つめられると、ゾクゾクする。
鏡に映った自分の姿に生田目の姿が重なる。
黒いスーツ、咥えタバコ。真っすぐに俺を見ながら唇の端でにやりと笑う。

優しくされても何とも思わなかったのに、その姿にはちょっと感じた。

俺は部屋へ戻り、またTシャツとパンツに着替え、家の中を探り始めた。

自分の家の、あのカギが欲しかったのだ。

ここに来たばかりの頃は遠慮していたが、昨日の理不尽な欲望に腹が立っていたせいもあり、もう遠慮はなかった。

……そうか。やっぱり俺は腹が立ってたか。

マンションは、5LDK。バカみたいに広い。

五つの部屋のうちの一つは、俺が使っている。残りは四部屋。生田目の寝室、書斎、客用らしい整った部屋が二つだ。

客用らしい部屋は、モデルルームのように生活感がなかった。

使っている形跡もない。

見栄でデカい部屋を買って、使い道に困ってるといった感じだ。

生田目の寝室に入ると、大きなベッドに自分の醜態を思い出した。

彼に尻を突き出し、穴に指を突っ込まれてイッてしまった自分。

思い出すと妙な気分になるから目を逸らす。

クローゼットは俺の部屋と同じく造り付けで、開けるとブランド物のスーツがズラリとかかっていた。

金持ちだな。

ネクタイや帽子、サングラス等の小物もそこに収まっている。だが大体は客用の部屋の一室に押し込まれているのをさっき見た。

カギはなかった。

やっぱり、持ち歩いてるか、カギのかかった書斎に置かれているのだ。

臆病、と言っていいほど、あの男は俺がここからいなくなることを恐れてる。

部屋のことがあるまで、事故で失いかけたせいだと思っていたが、そうではない。、単に、『いなくなる』ことが怖いのだ。

俺達は別れ話をしていたのだろうか？

だから、記憶が戻ったらいなくなってしまうと思ってるとか？

いや、別れると決めた相手を、命をかけて助けるとも考えにくい。

長沢、という男が間男だったとか？

それも違うだろう。さっき思い出した感覚は、俺に従う部下とか弟のような感じだった。

だから俺は後ろを振り返ったのだ。

恋人なら、隣に立つはずなのに。

カギのかかった書斎のドアの前まで行き、ノブをガチャガチャと鳴らす。

「カギをかけ忘れるってことはねぇだろうなぁ……」

この中に、何か秘密が詰まっている気がする。

それを見ると、俺が何者で、どんなふうに彼と付き合っていたかがわかる気がする。

でも生田目はそれを俺に見せたくないのだ。

ということは、彼は俺に記憶を取り戻して欲しくないのだろうか？

思考が、ぐるぐると回る。

俺は優しい生田目に愛情を感じない。感謝と好意はもつけれど、愛しいと思わない。

彼が挑発するように、意地の悪そうな顔をするとゾクゾクする。胸の奥が熱くなって、背に鳥肌が立つ。

愛情というより欲情だ。

彼は、俺が乱暴にされるのが好きだとか、淫乱だとか言った。

だが俺のケツの穴は、入院期間があったとはいえ、ユルユルではなかった。

生田目は、俺の身体を心配している。病院にも毎日通ってくれたし、目覚めた時の心配そうな顔は芝居ではなかった。

俺が事故った時の話をすると、子供のように心細げな顔をする。

置いていくなよ、という顔を。

だが、俺の過去については何も話してくれないし、俺が思い出しかけると何かに怯《おび》えたような表情を過らせる。

俺は生田目の知り合いで、彼の目を覚えてる。

彼は俺の側にいた。

彼が車に轢かれそうになると、身を挺して彼を助けた。

……さて、この全てに当てはまる答えは何なのだろう。

「タバコ、置いてってねぇかな……」

俺はリビング戻り、テレビを点けた。

説明のつく答えが見つけられなくて、考えることがめんどうになって……。


制服を着た高校生とすれ違っても、羨ましいとは思わなかった。

あいつ等は、他人の作った檻《おり》の中に、他人の手で放り込まれて可哀想だなと思った。

新聞は読んでたので、エゲツないイジメが横行しているのも知っていた。

小賢しい顔をして、親には反抗できないクセに、自分より弱い人間を見つけると、相手の痛みも限度もわからず追いつめる。

そのクセ自分が何かされるとワーワー騒ぐのだ。

「知ってるか、黒河」

喫茶店で、厚切りのトーストをほお張る俺に、不動《ふどう》さんが言った。

「最近のシロウトの犯罪は、半径五百メートルが多いんだぜ」

不動さんは黒いストライプのダブルのスーツの前を開け、店のソファにもたれながらタバコを吸っていた。

綺麗に撫でつけた髪と、銀縁の眼鏡。

この人は大学も出てると聞いたことがある。本当かどうかはわからないが、そう言われるほど頭のいい人だった。

「五百メートル？　小学校の校庭ぐらいですか？」

「あれよりは広い。だがまあ似たようなもんだ。外に目が向けられなくて、喜びも憎しみも手近なもので済まそうとする。だから友人やら、家族やら、隣人にしか攻撃できねぇんだよ」

「はぁ」

「狭いな」

「はい」

彼の言いたいことはよくわからなかったが、取り敢えず頷《うなず》いておいた。

「人間はな、視野を広く持たないといけねぇ。近いと、憎しみなんか簡単に凝り固まって、手に負えなくなる。だが遠いと、怒りや憎しみをぶつけに行く間に薄れちまうんだ。人を憎んだり怒ったりするのにはエネルギーがいるからな。移動のためのエネルギーを使ってる間に、憎しみのエネルギーが減るのよ」

「そんなもんなんですか?」

「そんなもんさ。だから、俺達は遠くから操作するんだ」

不動さんは窓の外を行き交う人の姿を眺めていた。

眺めているように見えて、何も見てなかったのかもしれないが。

「隣にいると、現実味を帯びる。正体を見極められる。俺だって人間だって思われちまう。だが遠くにいると、俺が何者だかわからなくて、恐怖心が増大する。憎んでも、次に俺に会う前に優しい人や面白いテレビを見てると、憎しみが薄まる。そこへ突然また現れると、ビクビクするんだ」

「はい」

「だからな、対象の近くには寄るな。しょっちゅう顔を合わせるなんてするな」

「はい」

俺はトーストを全てたいらげたが、まだ少し腹が減っていた。

でもそれを不動さんに言っていいのかどうかわからず、セットに付いていたコーヒーでその隙間を埋めた。

「それだけで足りるか？」

まるで見透かしたように問われ、視線を落とす。

「黒河はまだ若いんだ。もっと食え。と言っても、こんなチンケな喫茶店じゃ大したものはないだろうが」

不動さんはカベに立て掛けてあったメニューを開いた。

「スパゲティナポリタンがあるぞ。それでいいか？」

「あ、はい。好きです」

「そうか」

手を上げて彼が「ナポリタン一つ」と追加する。

「あとな、追い込む人間には優しくしろ」

「優しく、ですか？　脅すんじゃないんですか？」

「今時はすぐにサツから文句が来るからな。弁護士のセンセイ達もうるさいし。だから最初は優しくするんだ。私はあなたの味方です。あなたの辛さは私だけが知ってますって顔するんだ。実際にそういう言葉をかけてやれ」

「つけあがりませんか？」

「つけあがっていいんだ。つけあがって、甘えてきたら、甘えさせてやれ。もちろん、限度はあるがな」

「限度って……」

「返済が一日二日送れる程度なら、『あなたのことを信用してますからいいですよ』『あなただけは特別です』『ご苦労なさってるんですね』と言うんだ。そうすると、つけあがって、警戒心が緩む。その時に、借り入れの限度額を増やしてやるんだ。今まで十万でしたが、これからは三十万にしましょう。三十万だったら五十万にしましょうってな。この人は私の味方だから、ちょっと苦しくても待ってくれると甘えてるヤツは、十万でこと足りるはずなのに、もっとお金があったらもっと楽になるんじゃないかと誤解して限度額まで借りてしまう」

「誤解、ですか？」

「タダで金もらってるんじゃねぇ、借金だ。楽になるわけがない」

「……そうですね」

生返事をすると、黒河さんは俺の頭を掴《つか》んでわしゃわしゃとかき回した。

「黒河、もっと勉強しろ。こいつは飾りじゃないぞ。金を生む頭だ」

「勉強嫌いなんっすよ」

「だが金を手に入れるためには勉強が必要だ。今、どこの株が儲《もう》かるか、外為のレートはどれくらいか。レートってわかるか？」

「……わかりません」

鼻先で笑われ、俺は口を尖《とが》らせた。

「借金の取り立てに『がいためれーと』は必要ないと思います」

「じゃ年利二十パーセントで元金百万、月々十万ずつの返済だったら全部返すのに何年かかる？」

年利っていうのは一年でかかる利息だから、一年で借金は百二十万に膨らんでいる。

だが月々十万ずつ返してるんなら、一年で百二十万返してるわけだから……。

「丁度一年です」

「まあそんなもんだな。じゃ、月々一万だったら？」

「え？」

一年で百二十万だから、そこから返した十二万を引いて百八万で、百八万の年利二十パーセントは……。

不動さんはにやりと笑った。

「金利の計算っていうのは、借りた金の金額かける金利を三百六十五日で割る、それに借りた日数をかけるんだ。百万借りると、最初の一ヵ月は百万の二十パーセントだから二十万、それを三百六十五で割って一ヵ月分の三十日をかけると約一万六千。返済は一万だから……」

「借金が増えてる！」

「そうだ。金利よりも安い返済額を設定すると、いつまで経っても返せない。だが、計算ができないと、一万円『返してる』という気になる。二万円ずつの返済なら、四千円しか返せていない。そういう計算が瞬時にできるようにならないとな。月々十万返してもらっちゃ、旨みがねぇんだよ。親切ごかして返済額を低くして、細く長く取り立てるためには疑問を抱かれないように優しくしてやるんだ。ああ、この人は私のことを考えて返済額を少なくしてくれてるんだって思うような」

「すごい……」

「リボルディング払いも怖いぞ。元金を返すとその分また借りられる。十万借りて一万返

すと九万、限度額に一万の余裕ができるから、また一万借りるとしよう。だがその時には既に最初の一万に利息がついてるから借りた額は十万千五百円、まだ次に一万返して一万借りると借金は十万三千」

「また増えてる」

「だが本人は『自分が借りてるのは十万だ、だって限度額が十万なんだから』と思ってるわけだ」

「おっかないっすね」

「その理屈が理解できるように、勉強しろ。高校に行きたいなら行かせてやる。行きたくないなら通信教育でも独学でもいい。数字と法律だけはよく学んでおけ」

「はい」

「お前は頭がいい。見所がある。頑張れば、もっといい暮らしができる。おっと、ナポリタンが来たぞ」

ババアが運んできたナポリタンは、たっぷりケチャップを使った油がギラギラしたものだった。

今時はパスタと言うのが普通なのに、スパゲティナポリタンと書いてあることで想像はしていたが。

だが空腹に詰め込むためには何でもよかった。

フォークを握り、すぐにナポリタンをかき込む。

「黒河、チンピラで終わるなよ？」

不動さんはそう呟いて、またタバコの煙を吐き出した。

とても美味そうに。

気分が、重かった。
中学の時の記憶を取り戻した時より、更に。
「チンピラか……」
前の夢の時、不動という名前は出ていた。
本物のヤクザだと友人の一人が口にしていた。
黒いストライプのダブルのスーツ……。
目を閉じてもう一度思い返すと、淡いブルーのワイシャツの袖口からは高そうな時計も
覗いていた気がする。

会話の内容からして、彼は闇金か何かをやっていたのだろう。

そして俺に取り立てをさせようとしていた。

もしくは、取り立てに付いて行ってたのかもしれない。

前のと繋ぎ合わせると、俺は腐った家庭に嫌気がさし、中学の時か卒業してすぐに、家を飛び出した。

そして友人の知り合いである本物のヤクザのところに駆け込んだわけだ。

そこで俺はあの不動に付いて働いていた。

高校へは行ったのだろうか？

わからないが、夢の中の会話の内容が、今はわかるということは、それなりに学んだということだろう。

それから、俺はどうしたんだろう？

ヤクザになって、借金の取り立てをして、チンピラからバッジを貰《もら》えるくらいには昇格したんだろうか？

ブランド物のバッグやスーツを持ってるところを見ると、そうかもしれない。

弱い人間を食い物にして、荒稼ぎをした結果があれなのだ。

ベッドの中で、俺は寝返りを打った。

清潔な部屋。

スマートな生田目。

俺のことを、彼は会社員だと言った。

彼は、俺の過去をよく知らないとも言っていた。俺が会社のことを話さなかったからわからないと。

それは俺が彼に話せるような生活をしていなかったということではないだろうか？

もしかしたら、俺は彼と知り合って、恋をして、足抜けした、もしくはしようとしていたのかも。

ヤクザが簡単に足抜けをさせてくれるとは思わない。特に金の流れを知ってる人間は無事では済まないはずだ。

生田目に向かってきた車は、もしかして俺を狙っていたものじゃないだろうか？

……そんなことはないか。

医師の話では、運転者は糖尿病の老人だということだった。

組の人間がそんな危なっかしい人間を使うわけはない。

生田目が俺を家に戻さないのは、彼は俺がヤクザだと知っているからというのも考えられる。

戻って、ヤクザに戻らないようにしてるのかも。

自分の中に感じる彼への他所他所しさや、時折見せる彼の攻撃的な部分に惹かれるのは、俺がヤクザだからで。

シロウトの彼とは距離を置かなければならないと思ってるとか、猛々しい男に魅力を感じるとか、そういうことなのかも。

記憶を、取り戻すのが怖い。

取り戻したら、自分はどうなるのか。

ヤクザに戻って、他人にコキ使われて、警察に追われながらコソコソと生きるのかも。

生田目は、そういう生活から俺を守ろうとしているのかも。

訊いたら、答えてくれるだろうか?

俺はヤクザだったのか、それをお前は知っているのか、と。

だがもし彼がそれを知らなかったら?

貯金はある。

ここを出ても、一人で生きていくには十分なくらい。

だがその後で記憶が戻ったら、彼の恋人で、彼を愛していた俺はどう思うだろう? ひた隠しにしていた秘密を、こともあろうに自分が暴露したと知ったら。

優しい生田目だって、ヤクザとかかわることは避けたいだろう。

特に企業を経営してる人間は裏社会との繋がりを嫌う。

別れを選択することだってあり得る。

別れた後で記憶を取り戻したら……。

自分の気持ちがはっきりしていれば、隠すにしろバラすにしろ態度を決められる。何が大切で、何を捨てられるかがわかれば、行動も起こせる。

だが今の俺にはそれがわからない。

迂闊《うかつ》に動いて、後で泣くハメになるかもしれない。

それが怖い。

もう一度寝返りを打って、俺は布団の中に潜り込んだ。

記憶は少しずつ取り戻しているのに、取り戻したことを生田目には言えない。この腹の中に、過去と秘密がどんどん溜まってゆく。

呼吸のできないゼリーみたいなどろどろしたものの中に沈められたような気分だ。

もがけばもがくほど、深みに嵌《は》まってゆく。

透明だがクリアではないから、何かがそこにあるはずなのにはっきりとはわからない。

「イライラするな……」

次に思い出す『自分』はどんな人間なのだろう。

それを思い出すのが、少し怖くなった。

ほんの少しだけ……。


「合鍵ができた」

数日後、会社から戻ってきた生田目が俺に言った。

「この部屋のカギだ。これがあればお前は何時でも出て行けるし、いつでも帰って来られる」

ポケットから取り出した、ビニールのパックに入った窪《くぼ》みのあるカギを見せて、すぐに握り込む。

「これを渡したら、好きに外に出てもいい。だがその前に、俺の望みを叶《かな》えて欲しい」

俺は思い出したことを何一つ生田目には伝えていなかった。

伝えていいのかどうかがまだわからなかったから。

「望みって？」

「もう一度抱きたい」

「それは別にいいけど……」

「今度は、優しくはしない。お前を味わい尽くしたいんだ」

彼の目は、真剣だった。

俺がここを出て行ったら、戻ってこないと思っているのだ。

戻ってこないなら、骨までしゃぶらせろってことか。

「俺は戻ってくるぜ?」

図星をさされて、彼は少し気まずそうな顔をした。

「わからないだろう……?」

「戻って来ないと思う理由があるのか?」

「それもわからない」

この男は、俺がヤクザなのを知っているようだ。

最後に話していたのは、別れ話だったのかもしれない。

俺はヤクザだから、お前とは一緒にいられないとか何とか。

それなら、全ての疑問に辻褄《つじつま》が合う。

命を賭けるほど愛していたのに、恋人だったのに、彼がこれほどまでに俺を囲い込もうとしているのにも。

「インサートなしならいいぜ」

「挿入《い》れるのはダメか？」

「身体な、この間の指でもキツかった。お前の、ご立派だったじゃねぇか。生田目の言う通り、使わないと処女になるらしい。前の時も時間をかけて慣らしたんだろ？　だったらいきなりは無理だ」

「痛いのは嫌、か」

「俺を歩けないようにしたいって言うんじゃなければな」

　生田目は、俺に記憶を取り戻して欲しくないのだ。

　それはもう決定的だった。

　いくら日常生活に支障はないとはいえ、頭の中の血の塊を溶かすという薬が切れても、病院に取りに行こうとはしないのだから。

　俺も記憶を取り戻したくないから、それを口にはしないのだけれど。

「挿入以外なら、何をしても？」

「昔どうだったかは知らないが、今の俺は痛いのも汚いのも気持ち悪いのも嫌だ。スカトロとかは御免だぜ？」

「そんなことはしない」

「じゃ、いい。カギを寄越せ」

「終わってからだ」

「約束するか？」

「する」

「……信用するよ」

彼は少し考えてから、握っていた合鍵をリビングのテーブルの上に置いた。

「終わったら、持っていけばいい」

それから、俺の手を取って寝室へ向かった。

手を繋ぐなんて、いい歳して気恥ずかしいが、生田目がマジだったので何も言わなかった。

寝室に入るとすぐに彼が命じる。

「服を脱げ」

「命令されるのは嫌いだ」

「するんだから、脱いで『ください』」

「厭味な言い方だな」

俺が服を脱いでいる間、彼はゴソゴソと何かを取り出していた。

またローションとコンドームだろう。

指だけでも入れられるのは歓迎しないのだが、モノホンを突っ込まれるよりはマシか。

下着も全部脱いで真っ裸になり、生田目を見る。

「全部脱いだぞ」

「こっちを向いてくれ」

「ベッドに入るんじゃないのか？」

「見たいんだ。お前を、全部」

やっぱり、俺が出てったら帰って来ないと思ってるんだな。

「ほら」

別に裸を見られるくらい恥ずかしくもないから、隠すことなく彼に見せてやる。

生田目はじっと俺を見た。

まるで目に焼き付けようとするように。

真剣なその眼差しに、また気持ちが昂揚《こうよう》する。

胸の奥が熱くなって、ざわざわする。

身体が反応しそうになり、さすがに触られてもいないのにそれは恥ずかしいだろうと思って後ろを向いた。

「全部見たいんならケツも見ろよ」

と、ごまかして。

「黒河」

彼が近づいてきて、俺の腕を取る。

そのままベッドへ押し倒されるかと思ったのに、生田目は俺の腕をねじ上げるようにして背後で手首に何かを巻き付けた。

「生田目？」

「じっとしてろ」

「何してんだよ」

「腕を縛ってる」

「縛るって、何で」

「抵抗されないように」

「おい、まさか入れるんじゃねぇだろうな！」

慌てて身体を捻って彼から離れたが、手はもう何かで動きを封じられていた。痛みがないところをみると、手錠や鎖ではないようだ。

もっと柔らかい……、布？

「取れよ。してもいいって言ったんだから抵抗なんかするわけないだろ」

「してもいいなら、手の自由がないぐらいいいだろう？　それに、入れないと約束したことは守ってやる。それだけは」

「それだけってどういう意味だ」

「少し静かにしろ。殺しゃしねぇよ」

『殺す』という単語に身体がゾクリと反応する。

俺の中のヤクザな血が、ヤバイ言葉に感応する。

「生田目」

会社から戻ったばかりだった彼は、まだスーツを着込んでいた。

だがその首にネクタイがない。

手首を縛っているのはそれか。

彼は俺の肩を掴み、ベッドへ押した。

手が不自由だから、バランスが取れなくて仰向けに倒れ込む。

「お前、少し記憶が戻ってきてるだろう？」

苦しそうな視線。

「な……、んで……？」

「ここへ来た時と、口調が変わってきてる。それは『黒河』の口調だ。以前のお前の」

そこまで考えていなかった。

ついつい『これが普通』だったので。

「どこまで思い出した？」

「別に、ガキの頃のことだ」

「どこまで？」

仰向けになって晒《さら》された俺のモノを彼が握る。

「生田目」

手は俺を扱き、勃起させようとする。

「中学ん時だよ。酒飲みの親父と、男と逃げた母親がいるってことぐらいだ」

「どうして言わなかった？　俺がこんなに心配してるのがわかってるのに」

「みっともない過去だったから、言いたくなかったんだ。ガキ過ぎてみっともない話だか
……ら……っ」

手に煽《あお》られて言葉が詰まる。

「本当にそれだけか？」

「何を……、思い出して欲しく……ないんだ……?」

生田目の表情が動く。

「お前、俺に思い出されたくないことがあるんだろう……?」

「……かも知れない。だが、思い出しても欲しい」

「思い出していいなら……、いいじゃねぇか。こんなバカみたいなことしなくても……」

「俺はバカなんだ。お前の知ってる生田目より」

スーツのまま、彼はベッドに上がり、本格的に俺を勃たせた。

「う……っ」

手の自由を奪われていることが、勃起した自分を隠すこともできず晒していることが羞恥心を呼ぶ。

恥ずかしい、と思うことが、彼の手の動きと共に俺を反応させる。

「あ……」

別に、一度はされてるし、男同士なんだから、このままされても平気だ。感じるんなら、感じるままにイッてしまえばいい。

覚悟は決めたのに、俺が完全に勃起すると、生田目は手を離してベッドから降りてしまった。

「……放置プレイか？」

「そんなに我慢はできねぇよ」

戻ってきた彼は俺の足元から回り込んできたので、何かを手にしているようだが、何を持っているかがわからなかった。

手を封じられると、起き上がることもできないようだ。

「冷て……っ」

ベッドが汚れるのも構わず、生田目が俺の股間にローションをかける。

大きくなったモノが冷たさで縮みそうだ。この間はそんなに冷たいとは思わなかったのに……。そうか、あの時はこいつが手で温めてから塗ってきたたからか。

ぬるりとした液体を纏い、また手が俺を勃てる。

今度はただ握るだけでなく、両手で形を確かめながら触ってくる。

動きは緩慢で、半勃ちの俺には焦れったかった。

やるなら、もっとちゃんとしてくれとオーダーしたいが、それではまるで自分が彼に抱かれていることを望んでるみたいになるから、口には出せない。

ジリジリとした気分を持て余し、早く生田目がその気になってくれないかと待ってしまう。

彼を望んでるんじゃない。

刺激を待ってるだけだ。

彼は、そんなこちらの気持ちを知ってか知らずか、執拗《しつよう》なほどそこを触り続け、足の間や尻の方にまで移動してゆく。

俺の下半身はもうローションでベタベタだろう。かけすぎたせいでシーツも濡れているに違いない。

やっと手が離れた時、これで彼が挑んでくると思った。

もうソコは準備万端で、強く扱かれたり、口に含まれたら、すぐにでもイける状態になっていた。

なのに、生田目はスーツの上着を脱いだだけで、ワイシャは着たまま、ベルトを外そうともしない。

首だけを起こして見ると、生田目は俺の内股に手を当て広げようとしていた。

穴に、何かが当たる。

指ではない感覚だが、またコンドームをはめてるのかと思っていると、グッと強くそれが押し込まれた。

中に迎え入れた途端、それが指ではないことに気づく。

「生田目……、何を……！」

指を入れられた時には、入口付近だけだった。けれど、今度は……。

「……ひ……っ」

ポッッ、と中に硬いモノが入る。異物に尻を締めたのに、続いてまた何かが入り、更に奥へと押し込まれる。

長い。

指よりもっと長いものだ。

「なばた……、あ……」

背骨に当たる。

実際はそんなことはないのだろうが、内側から背骨を刺激されてしまう。

内臓まで届くのではないかと思ってしまう。

異物。

腹の中が冷たく感じる。

「何入れて……」

気持ちが悪い。

「アナルバイブだ」

「アナ……。何してんだよ……っ」

「お前が乱れる姿が見たいんだ」

「バカ……っ！」

「黒河の淫らな姿が見たい。……お前が言った通り、俺はお前がこの部屋を出ていったら、戻って来なくなることを恐れてる。本当はお前の中に入りたい。だが強引に力で犯すことはできない。それをしたら、俺が本気でお前を愛していると信じてもらえなくなりそうだからな」

「これだって……」

強引に力で犯すことと変わりない。

言おうとしたが、言えなかった。

カチッと小さな音がして、突っ込まれたバイブが動き出す。

「ヒ…ッ！」

「う……。生田目……！」

腹の中で、器具がうねり、振動する。

「何だ？」

「抜け！　抜いてくれ……っ」

「すぐに悦くなる」

「そういう問題じゃ……。アッ！」

開かされていた脚を閉じる。

身体を捩《よじ》ってみる。

尻に力を入れたり、緩めたりもしてみた。だが、突っ込まれたものは抜けなかった。

奥まで深く入れられてるからだ。

「悦くなんか……ならねぇよ！」

「なるさ」

「前はそうだったかもしれ…が……、今は……」

何とか身体を横にし、二つに折って、少しでも楽な体勢を取る。横向きになると、仰向けでいるよりいくらかマシになった。

だが生田目がバイブの向きを変えると、それがマズイところに当たった。

「う…っ、……っ」

ゾクゾクとした快感が足元から這《は》い上がり、脚が痙攣《けいれん》する。

「ここか？」

自分の意志とは関係なく、尻の穴が縮み上がり、力が入る。

勃起していたとはいえ、前には触れられていないのに、ペニスの真ん中に電流を通されたようにビクビクと震える。

「あ……ッ！」

再びバイブを動かされると、声を上げてしまった。

「や……」

その状態で、会陰を指で揉《も》まれる。

穴などないのに、奥を弄られてる気分になる。

「やめ……、あ……っ」

クソッ、何だってこんなに感じるんだ。

「あ……、あぁ……っ。ん……」

喘《あえ》ぐ声が止まらない。

声を出していないとおかしくなりそうだ。

閉じることができない口から唾液が零れる。

なのに声を上げ続けているから、喉が乾いてくる。

「あ……なぱ……、抜いて……ぇ…」

「色っぽいぜ、黒河」

「抜け……」

振動で、入口が痺れてくる。

中に伝わるものは前立腺を刺激し続けていた。

「……ひ……っ、い……っ！」

射精はしなかった。

なのに、全身に快感が走った。

射精で感じるのとは全然違う快感に、震えが止まらない。

「う…、あ……」

膝を抱え、胎児のように丸くなり、その震えに耐えようと努力したが、無駄だった。

ドライオーガズム。

聞いたことがあるが経験したことはなかった。

前立腺を刺激してイクと、射精せずに絶頂に達するのだと。その感覚は女性のそれに似ているのだと。

これが、それなのか。

しかもたった今イッたばかりなのに、バイブが残って刺激を続けるから、また快感が湧いてくる。

「生田目、抜いてくれ。指でしてもいいから、それはいやだ」

言葉が出るうちに、俺は訴えた。

「頼むから」

懇願した。

「悦かっただろう?」

「そういう問題じゃねぇって言ってんだ……ろ」

射精したら、性欲は消える。出してしまえば、ずるずると後まで引きずることはなかった。抜かずの三発なんて、笑い話だ。

なのに俺の身体はまた『イきたい』という欲を生み初めている。

出すものが出せなかったせいか、俺はこういう身体なのか。

「生田目……っ」

違う。

ドライは何度でもイけるからだ。確かそう聞いた。

俺のせいじゃない。

「ん……」

また言葉が奪われる。

快感に耐えることに必死になり、思考が中断する。

「あ！」

生田目の手が顎を取り、顔だけ彼の方に向けさせた。

「……ン」

この状態でのディープキス。

息が上手くできなくて苦しかったのに、口を塞がれ、酸欠で目眩がする。

「あ……」

舌が官能的な動きで俺の口の中を犯す。

胸を探られ、乳首を弄られ、小さく生まれた快感がどんどん中で増大してゆく。

「ひ……ぁ……。ンン……ッ」

頭が白くなってゆく。

記憶のない、真っ白な状態から、眩《まぶ》しい光に照らされて、何もかもの色が奪われてゆき白へと変わってゆく。

そこに何かがあっても、もう目に映ることはない、そんな白さに。

「前……、触…っ、あ……」

自分からアクションを起こすことができないまま愛撫を与えられ続け、自我を保つことさえ難しくなってきた。

なのに……。

俺は生田目を愛しいと思えなかった。

彼が欲しいと思えなかった。

切なく、どこか申し訳なさそうに俺を覗き込む目を見ても、早くイかせて、楽にさせてくれという気持ちしかなかった。

「あぁァ……っ!」

恋人のはずなのに……。


結局、バイブで三度イかされてから、ようやく彼のフェラで射精を迎えた。

身体は疲れ果て、ローションでベタベタだった。

ベッドも、俺が蠢《うごめ》いたせいでシーツは乱れ、ローションと精液で汚れ、とても寝られるようなものではなかった。

生田目は、ぐったりした俺の身体を濡れたタオルで丁寧に拭ってから、抱き上げて俺の部屋まで運んでくれた。

お姫様抱っこに抵抗は覚えたが、もう文句を言う気にもならなかった。

「愛してる」

それが免罪符であるかのように、彼が耳元で囁く。

「……愛してくれ」

俺の中から、彼への愛が失われてしまったことに気づいたのか、そうも言った。

愛し合っていた人間から、愛情が失われたと知ったら、どんな気持ちだろう？

俺は、これといった恋愛経験がなかった。

少なくとも、思い出した時点までは。

女性経験はあった。だがそれは性欲のはけ口として、女がいるという見栄のため、若さ故の好奇心、そんなものが入り混じっての結果だ。

その人が愛しくて、愛しくてたまらなくて手を出したということではない。

生田目の酷い行為が、その苛立ちと喪失感からのものだったとしたら、理解はできる。

理解はできるが、受け入れることはできない。

だから、彼が部屋を出て行くまで、一言も口を利かなかった。

少し時間を置いて、夕飯のつもりのサンドイッチが差し入れられても、布団から出るどころか顔も合わせなかった。

この部屋にカギがついていれば、カギをかけていただろう。

メシだけは食ったが。

時間が過ぎ、真夜中になって、生田目の動く気配がなくなってから、もそもそと部屋を抜け出しリビンクに向かう。

テーブルの上にカギはちゃんと置かれていた。

前に見た、俺の家のカギも、その隣に置かれている。

二本のカギを持って自分の部屋へ戻り、それを隠してから、シャワーを使う。

ケツの穴にはまだ違和感があった。

全身を包んだ快感も、まだ思い出せる。

それが嫌で、熱い湯にして、身体中をゴシゴシと力を入れて洗ってから、また部屋に戻ってベッドへ潜り込んだ。

約束は守られた。

あいつは俺に挿入はしなかったし、カギもちゃんと渡してくれた。

でも、許せない。

自由を奪われたままされたことに腹が立つ。

彼を、望む気持ちが生まれることはあった。

あの目だ。

真っすぐに俺を見ている目と、挑発的な笑みにはゾクゾクした。

けれど抱かれても、優しくされても、切なげな愛おしむ視線を向けられても、感じるものはなかった。

俺達は恋人同士なのか？

またぞろその疑問が湧いてくる。

愛してないなら、何故俺は彼を助けた？

身内……、ではないことはわかっている。俺は一人っ子だったし、従兄弟はいたがその顔も既に思い出している。

生田目、なんて珍しい名前の人間は、俺の思春期までには登場しなかった。

では恩人か？

彼は金持ちだし、親切だ。

一方的に愛されて、奉仕されて、少しは悪いと思っていた？　だが自分が愛していない人間をかばって、車の前に飛び出すだろうか？

思い出したい。

暗く荒んだ過去に嫌気がさして、思い出したくないと思っていたが、この謎を抱えたまま彼と共に暮らすのは嫌だ。

あいつが教えてくれないなら、自力で思い出すしかない。

どんな過去であってもいい。

せめて、あの男と出会ったところまでも思い出したい。

さもなければ、車に飛び出した時、どんな気持ちで走って行ったのかだけでも。

部屋の明かりを消し、俺は目を閉じた。

どうか、今夜の夢がまた過去の記憶であるようにと願いながら。


翌朝、目覚めた俺は落胆した。

疲れてしまったせいか、過去どころか何の夢も見ないほどぐっすりと寝込んでしまった自分にガッカリした。

これで、また一日疑問を抱いたまま過ごさなければならない。

時計を見ると、既に時刻は十時に近かった。

生田目も、少しは悪いと思ったのか、起こさないでいてくれたのだろう。

食い終わったサンドイッチの皿がなくなってるところを見ると、部屋には入ってきたようだ。

「カギ……！」

まさか、寝ている間に奪われてるのではないかと、デスクの引き出しに隠したカギを確認する。

カギはちゃんとそこにあり、彼が手を触れた形跡もなかった。

では、今日は外に出られるわけだ。

生田目は既に出社したらしく、気配がない。

それを確認すると、俺はすぐに着替え、渡されたカードとカギなど必要なものをポケットに突っ込んでマンションを出た。

玄関のドアを出ただけで、酷く解放された気分になる。

まず向かったのは、銀行だった。

人に訊きながら、駅の方向を目指し、駅前の銀行に入る。

カードを使いたかったが、暗証番号を覚えていなかったので、窓口で下ろすしかなかったのだ。

生田目は、ちゃんと印鑑も持ってきてくれていたので、「この通帳にどの判子を使ったかわからなくなってしまって」というだけで、印鑑照合をしてくれ、無事に引き出すことができた。

カードの暗証番号も知りたかったが、それは窓口ではできないと断られた。

自分がどこに住んでいたかは覚えていない。

けれど、運転免許証には住所の記載がある。

そこに住んでいたのか、使ってるだけなのかはわからないが、行く価値はあるだろう。

駅前のファストフード店で簡単な食事をする。

ジャンクなコーラとハンバーガーの味は、どこか懐かしい。

ガキの頃によく食った味だ。

食いながら、渡されていたスマホに住所を打ち込み、検索する。

住所の場所は、ここから電車でそう遠くないところだった。

金を手にしたのだからタクシーで行ってもよかったのだが、久々の『街』と『人』を感じたくて、俺は電車を選んだ。

切符を買って、電車に乗る。

平日の午前中とあって、車内はガラガラで、座って外の景色を眺めることができた。

俺の覚えている頃より、高いビルが多い気がする。

それは単に住んでる場所のせいなのかも。思い出した俺の地元は、土地自体があまり裕福なところではなかったから。

一度乗り換えて住所のある場所の一番近くの駅へ降りると、何だか懐かしい気もした。

「いいとこ住んでんじゃん」

駅前には大きな商業ビル。

アーケードの続く商店街。

歩いている人間の服装も悪くない。時間が時間だから、老人や主婦が多いが、洒落《しゃれ》た飲み屋の看板が多いところを見ると、夜にはそれなりの人が集まる場所なのだろう。

スマホを取り出し、地図を確認し、目印になるものを見ながら歩き出す。

すると、駅前のファストフードの前を通り過ぎた時、突然名前を呼ばれた。

「黒河さん！」

響き渡るほど大きな声だ。

足を止めて振り向くと、三人の男が追いかけてきて俺を囲んだ。

「ああ、やっぱり黒河さんだ」

三人のうち一人はスーツだった。だが残りの二人はテカテカのスカジャンを着ている。

俺を確認したのはスーツの男だった。

「どこ行ってたんです？　捜したんですよ？」

どう見ても、スカジャンの二人は一般人とは言い難い。

「ナガサー……」

試しに、俺は自分が口にしたことのある名前を呼んでみた。

「はい」

スーツの男がすぐに返事をする。

この男が、長沢か。

だが後の二人の名前は思い出せないな……。

「立ち話も何だ。どこか店に入ろう」

「まだ飲み屋は開いてないですから、いつものサ店で」

「お前、先を歩け」

「え？　あ、はい」

長沢は、俺と同じか少し上ぐらいに見えた。

彼だけは、スーツだからか、普通のサラリーマンに見えないこともない。残りの二人はまだ若く、チンピラだろう。

この三人は、『不動さんのところにいた俺』の知り合い、つまりヤクザに違いない。

果たして、彼等に自分が記憶を失っていることを話した方がいいものかどうか……。

ヤクザが、優しいものとは思えない。記憶がないと言った途端、罠《わな》にハメられるかもしれない。

自分の立場がどれほどのものかわからないし、俺は金を持っている。

……黙っていられるところまで黙っていた方がいいかも。

長沢は振り向かずにそのまま歩き、商店街から折れた細い道にある小さな喫茶店のドアを開けた。

道に出されたイーゼルの看板には、『カフェ＆バー』と記されている。夜には酒を出すが、昼間はサ店なわけだ。

中に入ると、それがよくわかった。

一階のカウンターの向こうにずらりと酒のビンが並んでいたので。

「二階入るからコーヒー四つ」

長沢は慣れた様子で、カウンターの中の男に言うと、階段を上った。

小さい店。

二階にはテーブル席が四つあるだけで、店員はいない。

秘密の話をするにはもってこいの場所だな。

俺が座ると、向かい側に長沢が座り、連れの二人は別のテーブル席についた。

「今日は珍しい格好してますね」

Tシャツにデニムの俺の格好を見て、彼は言った。

「スーツは……、暫くやめたんだ」

「誰かに狙われてるんですか？」

長沢の目付きが鋭くなる。

「ひょっとして、今まで連絡が取れなかったのは、身を隠してたってことですか？」

「いや、そうじゃない」

話に乗ってもよかったが、大事になりそうだったのですぐに否定した。

「事故って、入院してたんだ」

「事故？」

「交通事故でな」

「そいつは……」

「言っとくが、普通の事故だ。糖尿のジジイが運転中に意識をなくして突っ込んで来たんだ」

説明すると、彼の表情が和らいだ。

「災難でしたね」

「ああ。……タバコ、持ってるか？」

テーブルの上に灰皿があるのを見て、俺は駅の売店でタバコを買ってくればよかったと後悔した。

けれど訊いただけで、長沢がタバコを取り出し、一本咥えた先にライターの火を差し出す。思った通り、彼は俺の舎弟だな。

「偶然とはいえ、お前達に会うとは思わなかったぜ」

「偶然じゃないですよ。毎日張ってたんです」

「張る？」

「電話も繋がらないし、マンションも留守で、新聞も溜《た》まってるし、何かあったんじゃないかと心配で」

俺はマンションに住んでるのか。

「心配かけたな。電話は、事故でオシャカになったんだ」

「新しいのは、まだ？」

「いや。仮で一応買ったが……、色々登録してなくてな」

「携帯壊れっと、データみんな消えますもんね。電話番号なんて、覚えてらんないですし、仕方ないっすよ」

スカジャンの一人がフォローするように言う。

そこへ一階にいた店員がコーヒーを運んできて、それぞれの前へ置き、黙って下へおりて行った。

「で、決めましたか？」

「決める？」

「どこの組に行くか、ですよ。いつまでも返事を渋ってると、痛くもない腹を探られますよ？　一流会《いちりゅう》の人間なんか、何度も俺んとこに来てましたし」

「海神会《かいじん》のヤツは、金だけでも寄越せってガンガン言ってましたよ。みんな黒河の兄貴が欲しくてたまんないんっすよ」

金……。

「不動……さんは？」

「黒河さんが不動さんを信奉してるのはわかってます。酷な言い方かもしれませんが、もう亡くなったんだ。どっかの傘下に入るか、自分で組を立ち上げるか、決めた方がいいと思います」

亡くなった？

あの人が？

「不動組長も、跡目を指名しててくれれば、解散なんてならなかったのに……。しかもその後すぐに黒河さんがいなくなっちゃったでしょう？　俺達捨てられたのかと思って……」

「川俣《かわまた》、止せ」

「……はい、すみません」

赤いスカジャンの方は川俣というのか。

「いや、いい。俺が入院してた間のことを話してくれ。他の組の連中が何を考えてるか、お前の意見も付けて」

「はい」

心臓は、バクバクしていた。

自分がヤクザだろうな、とは予想していたが、スーツ組まで舎弟にし、他の組の連中に追われる立場とは考えていなかった。

生田目は、それを知っていて俺をかくまっていたんだろうか？

「組長が殺られて、葬儀が終わった後、黒河さんまでいなくなったんで、組は事実上解散になりました。堀田《ほった》さんが解散届けを出したんです。それで、残った連中はそれぞれ他の組に移ったり、足洗ったりで、散り散りバラバラです」

「堀田さんは？」

その名前も覚えていない。

「金持って、白虎会《びゃっこ》へ。若い者はほとんど堀田さんに付いていきました。で、五菱会《ごりょう》の跡目は、渡辺《わたなべ》が」

長沢は悔しそうに言った。

「あいつが組長を殺ったに違いねぇのに。のうのうと葬式にまで顔出しやがって。組長が生きてたら、五菱会は絶対不動さんが継いだはずだったのに」

「木田《きだ》」

青いスカジャンは木田か。

「渡辺からも、誘いは来たんでしょう？　まさかと思いますが、あいつの下へは……」

「不動さんが許さないだろ？」

話を合わせてそう言うと、長沢は大きく頷いた。

「ですよね。よかった。……俺は、てっきり渡辺のやつが黒河さんをさらったんじゃないかと。渡辺から、黒河に顔出すように言えって連絡が来ても、カモフラージュじゃないかと疑ってたんです」

「ホントに事故だよ」

「はい。それでその後……」

話を総合し、推測すると、どうやらこういうことらしい。

俺の記憶の中にいた不動さんは臥竜会《がりゅう》の、組長だった。

俺は彼の下にずっと付いていたのだ。

だが臥竜会の上部組織である五菱会の跡目相続で渡辺という男と争いになり、不動さんは殺された。

実際殺されたのか、事故か何かなのかはわからないが、とにかく渡辺には都合よく亡くなったのだ。

堀田という男は、多分ウチのナンバー2だったのだろう。

だが堀田は組を継がず、解散させた。

それは多分、突然アタマを失ったことと、上部組織のアタマが敵対勢力になったからに違いない。残った連中がチマチマとした嫌がらせを受けるよりはと、他の組に庇護を求めたわけだ。

俺は、不動さんの葬儀の席にはいたらしい。

けれど、その後すぐに行方を眩《くら》ました。

事故は、不動さんの葬儀のすぐ後だったということだ。

長沢は俺の直属で、俺が行くところに付いて行くつもりだったから、今までどこにも行かなかった。

敵対していた渡辺も、系列の組も、それ以外の組からさえ、俺は捜され、スカウトを受けているらしい。

「俺にそんな価値があるのかね」

と呟くと、川俣が熱弁を揮った。

「ありますよ。うちの大してデカくない臥竜会が大きい顔ができて、不動さんが跡目争いに食い込めたのは、みんな黒河さんのお陰じゃないですか」

「……俺？」

「そうですよ。ヤクザが商売やりにくい世の中で、黒河さんは金のなる木でしたからね」

「川俣」

言い方が悪い、というように長沢が注意する。

「まあ、あいつの言い方は下種ですが、確かにみんなあなたの経済的な手腕が欲しいんですよ。非合法スレスレであろうと何であろうと、サツに捕まらないで金が作れる。銀牙会みたいにこの業界に見切りをつけて解散したり、地下に潜ってサツに怯えながら小銭を稼いだりが殆どですからね」

夢の中。

不動さんに金の話をされていた自分。

そうか……、俺はあの後学んだのだ。金を作る方法を。

そしてそれが、あの通帳の金額だ。

組の金は堀田が持って行ったというのだから、あれは俺個人の金だ。組に儲《もう》けさせ、自分も儲けることができるほど賢くなれたわけだ。

そこは思い出したいものだ。

「で？　どうするんです、黒河さん。皆血眼になってあなたを捜してますよ？　どこに行くんです？」

事情がわかってきて、少し肝が据わった。

「もう少し焦らす」

「危険ですよ？」

「事故に遭ったのは事実だから、お前達の口からそれを広めておけ。俺は交通事故にあって入院していた。その後遺症もあって、暫く温泉かどっかで治療すると言ってたとな。俺が不動さんを慕ってたことはみんな知ってるんだろう？」

「ええまあ」

「じゃあ褒に服したいとも言ってたと付け加えておけ」

俺はさっきおろしたばかりの金の中からひと掴み分けると、それを長沢に差し出した。

「色々悪かったな。暫くの小遣いだ。三人で分けろ」

あれが自分の金ならば、使うのに後ろめたさもない。

「ありがとうございます」

「ナガサー。こっちから連絡するから、お前の携帯番号教えろ」

「黒河さんのは？」

「知らなければ教えられないだろ？　追われるのは嫌だ。お前も知らないと言っておけばいい」

「はい」

長沢は自分の携帯電話を操作し、電話番号を呼び出すとそれをメモに書いて寄越した。

「お前達はもうこの辺りをうろうろするな。必ず連絡するから」

「わかりました」

冷めたコーヒーを一気に飲み干し、俺は立ち上がった。

「払っとく、ゆっくりしてけ」

派手な川俣達と一緒に歩いてヤクザに目をつけられるのも嫌だったし、家へ帰る道がわからなくてウロウロしてるのを見られるのも困るので、それだけ言うとさっさと階段を下りてしまった。

一階のレジで会計を済ませて外へ出る。

外は、平和なものだった。

自分がヤクザで、自分の知っている不動さんが殺されたという話が、一気に現実味を失うほど。

スマホの地図をもう一度確認し、歩き出す。途中、コンビニでタバコとライターと缶コーヒーを買ってポケットに突っ込む。

マンションまでは、迷うことなく行けた。

駅からほど近く、広い道に面していたので。

持ち部屋にしても賃貸にしても、結構な額の部屋だろう。

部屋の番号がわからなくて一瞬迷ったが、入口の郵便受けを見ればすぐにわかった。

郵便物が一番溜まっているのが俺の部屋に決まっている。

中身を取り出したかったのだが、郵便受けにはダイヤル式のカギがついて、その番号を思い出すことができなかったので止めた。

エレベーターに乗り、二階へ。

郵便受けと同じ二〇一号室のドアに持ってきたカギを差し込んで回すと、カチャッと音がして解錠する。

やっぱりこの部屋だったか。

入院して一カ月、生田目の部屋で過ごして一カ月。ほぼ二カ月ぶりに足を踏み入れるのだから、覚悟はしていたのだが、部屋は閉じた空間の匂いがするだけで、腐敗臭などはしなかった。

冷蔵庫を開けると、調味料以外は何もない。

こういう生活だったのかな？　と思ったがすぐにそうではないと気づいた。

ここには一度服を取りに生田目が来ている。きっと彼がその時に全部片してくれたのだろう。

部屋は、生田目のマンションほどではなかったが、自分には広いと思えるほどだった。

「一人住まいで３ＬＤＫか……」

あちこち回って、タンスや本棚を引っ繰り返す。

リビングのカーテンレールには、黒いスーツの一揃えがハンガーで吊《つ》るされていた。

これを着て、俺は不動さんの葬式に出たのだろう。

免許証から、俺が今二十八歳だということはわかっていた。中学を卒業する時に十五だったとして、俺は十三年もあの人の下にいたのか。

リビングのソファに座り、コンビニで買ったタバコを取り出し一本咥えて火を点けた。

これが自分が長く吸っていた銘柄かどうかわからないが、美味かった。

口を開け、溜まった煙を舌で押し出すように吐き出し目を閉じる。

浮かぶのは、喫茶店で金の話をしてくれた不動さんの顔だった。

金利の話をされてもチンプンカンプンだった俺が、金のなる木と呼ばれるほど、計算が上手くなったのは、あの人が教育してくれたからだろう。

高校には行ったんだろうか？

だとしたら、居心地は悪かったんだろうな。

皆が知るほど、俺はあの人に懐いていた。それは容易に想像できる。

男と逃げた母親より、飲んだくれていた父親より、ダブルのスーツを着こなす不動さんの方がかっこよく見えて、優しかった。

だから付いていったのだ、きっと。

強い男に認められると、幸福感を得ることができた。

自分が強いと、役に立つと思われると嬉しかった。

あの家では、やっかい者で、忘れられることが多かったから。

「思い出してぇなぁ……」

俺はポツリと呟いた。

自分が幸福と感じてたであろう時間。

必要とされていた時間。

楽しいと思えた時間。

それを失うのは辛い。

あの一場面しか覚えていないのでは、自分が兄とも親とも慕ったであろう人を失った悲しみすら薄い。

憧れて、慕った人を失った悲しみがあるのなら、それをちゃんと感じて葬りたい。

のんびり座ってても、思い出すことはできないだろう。

欲しかったら動かなければ。

俺は腰を上げ、再び家捜しを始めた。

何かが記憶を取り戻してくれるように。

そのきっかけが見つかるように。

「アルバムか何かねぇかな……」

知りたいことを全て教えてくれるものが欲しくて。


彼の部屋のリビングのソファでタバコをふかしながらビールを飲んでる俺を見て、帰ってきた生田目は一瞬驚いた顔をした。

「帰ったのか」

昨夜戻らなかったから、もう二度と帰って来ないと思っていたのだろう。

「帰ってこない方がよかったか？」

「まさか。戻ってきて嬉しいよ」

生田目は近づき、俺の隣に座った。

「ビールを飲んでるのか」

「一緒に飲むか？」

「ああ」

「じゃ、自分で持ってきな」

素っ気なく言うと、彼は黙ってキッチンへ行き、缶ビールを手に戻ってきた。

「俺、薬切れたぜ」

「え？」

「アタマの薬。血の塊を溶かす薬だよ。前に切れそうだって言っただろ？　なのにいつまで経っても病院に連れてってくれないし、薬も取ってきてくれねぇな」

「……悪い。明日にでも一緒に病院へ行こう。約束するよ」

「記憶を取り戻して欲しくないから、薬を取りに行かなかったんだろ？」

俺は吸っていたタバコの煙を彼に吹きかけた。

生田目は、少しうろたえるような顔をしてから、「すまん」と謝った。

「認めるわけだ」

「ああ」

「どうして俺に記憶を取り戻して欲しくないんだ？」

「それは……」

「俺が、お前の世話になんかなりたくねぇよ、って『また』言うかと思ったからか？」

俺が言うと、すまなさそうにしていた彼の表情が変わる。

「またって……、思い出したのか？」

「あの時、お前は言ったよな？　これを機会に足を洗ったらどうだって」

「黒河……」

交差点での立ち話。

生田目は俺に言った。

『これを機会に足を洗ったらどうだ？　恩義を感じてた不動ももういないんだろう？　俺のところへ来れば枕を高くして眠れるぞ』と。

それを聞いて俺はこう答えた。

『お前の世話になんかなりたくねぇよ。どの面下げて転がり込めって言うんだ？』と。

「思い出したよ」

吐き出す煙が流れてゆく。

生田目の顔付きが変わってゆく。

「お前と初めて会った時のことも、何もかも。全部思い出した」

「黒河」

「やっぱ自分の生活してた場所には戻ってみるもんだな。アルバムの写真を見て、旅行ん時のDVDとかもあった。全部見てたら戻るのが遅れた」

再生したDVDの中には、俺が生きてきた時間があった。

ヤクザとしての儀式や、見知りの葬儀や、結婚式や。社員旅行とでもいえばいいのか、組の連中と出掛けた旅行のも。

アルバムはもっと日常的だった。

何げない風景が、四角い紙の上に映し出される。

不動さんも、堀田さんも、長沢も、川俣も、木田もその他の人間も写っていた。

みんなこちらを見て、笑っていた。

パソコンの中にも、『俺』はいた。

シテ戦の遍歴、海外情勢のファイル、俺が金を操る人間だった証し。

身内や仕事相手と交わしたメール。

のっぺらぼうのマネキンよろしく立っていた俺に、少しずつ、少しずつ、情報が肉付けをしてゆく。

『黒河炯』という人間は、こういうものだった、と。

ベッドのマットレスの中に、油紙に包まれて隠されていた大型のナイフを見た時、何でこんなものがと思った。

次の瞬間、ああ、チャカは事務所に預けてあるんだっけとも思った。

そして、芋づる式に頭の内側から『記憶』が溢れてきたのだ。

外的に見せられた映像ではなく、脳みそのどっかにしまわれていたものが。

「誰が会社員だって？」

咥えタバコで彼に向き直る。

「誰と誰が恋人だって？」

背もたれにふんぞり返って足を組む。

見下すように生田目を見ると、彼の目付きが『俺の知ってる』ものになった。

「そうか……、全部思い出したか」

鋭く、攻撃的で、どこか冷たい挑むような目に。

「そいつは残念だ」

俺は、この目しか知らなかった。

この目だけしか、覚えていなかった。


自分の家はもうダメだと思ったのは、飲みに出た父親が三日戻ってこなかった時だ。

家の中には金も食い物もなく、引っ掻き回しても見つかったのは半年前に賞味期限が切れたカップ麺が一つだけ。

カビが生えていないから、ないよりマシだと思って作って食べたそれは、油の味がして不味かった。

もう親父は戻ってこないかもしれない。

戻ってきたとしても、俺を育てることはできないだろう。

この汚い部屋であの男を待つ理由があるか？

あるわけがない。

スポーツバッグに詰められるだけの服を詰め、俺はすぐに部屋を出た。

書き置きもしなかった。

向こうも、俺がいなくなって、戻ってこない日々が続けばわかるだろう。

とはいえ、中学を卒業したばかりの子供を養ってくれるところなど考えつかず、まして や保護者の承諾なんてものが取れないガキを働かせてくれるところがないのもわかってい たから、最初は後藤の家に転がり込んだ。

不動さんと会ったのは、一週間ほどしてからだ。後藤の家にも居づらくなって困ってい たので、彼が不動さんに頼ろうと言い出したのだ。

他にアテもなかったので、俺も渋々だが彼についていった。

当時、不動さんは街金を経営してた。

地元の人間に少額の金を貸して回収する消費者金融だ。

だがそれは表の顔で、裏では既に闇金をやっていた。

街金と闇金の違いは、金利が法定限度額かそうでないかだ。

不動さんは優しい顔で街金を経営し、そこでコゲついた客に自分がやってる闇金を、さも別会社のように紹介していた。

返せない金を借りる方が悪い。

借金してまで飲み歩いていた父親を見てそう思っていた俺には、抵抗はなかった。

「いい目をしてるな。黒河か。暫く預かってやってもいいぞ。仕事ができれば、ちゃんと雇ってやる」

立派なスーツを着て、高い腕時計をして、優しい笑顔を浮かべながら焼き肉をおごってくれた人に、俺は一発で丸め込まれた。

この人は強い。

親父なんかよりずっと強い。

この人のようになれれば、汚い部屋でクソ不味いカップ麺をすすらなくて済むだろう。

ガキだったのだ。

ただ『強い』というだけで、善悪の判断もなく憧れてしまえるほど。

それから半年、俺は学校にいた時より真面目に机に向かった。

字が綺麗だったのと愛想が悪くなかったことで重宝され、アパートも借りてもらい、給料ももらえるようになった。

夢で思い出したのはその頃だ。

不動さんは言った。

「街金は、もう先がないだろうな。借りたいという人間は後を断たないだろうが、返せる人間が減ってきている。闇金も同じだ。最近は法定金利を超えるとサツがうるさい。法律をちゃんと知って、その上で抜け道を探さないと」

「年金手帳を預かるって言うのは？　新聞にも載ってましたよ？」

「新聞に載るってことは、近々修正されるってことだ。今から動いても利は少ない。だがよく頭を使ったな」

褒められて、いい気になった。

この人は、俺を認めてくれてるんだと思った。

だから、勉強しろと言われて勉強もした。

数字のからくりを知り、法律の抜け穴に気づくと、俺は上手く稼げる方法がまだあるのだと気づいた。

たとえば、土地の抵当権だ。

土地を持っている人間が借金をする。

返済もままならず、税金も払えなくなる。

国税は何より優先されるので、税金が払えないと土地や建物は差し押さえられ、売られてしまう。

だが家や土地を持ってる人間はほとんどそれを手放したくないと考えている。

そういう人間に金を貸すのだ。

土地に抵当権、つまり『返済できない時にその土地くれるんならお金貸してあげる』という約束だ。

普通はそれでも税金が払えなければ国に差し押さえられるのだが、抜け道があった。

課税対象日より前に借りた金は、そちらが優先されること。更に、差し押さえても負債額を返せないと判断された場合は差し押さえをしないのだ。

課税計算されるより前に、法外な借金で抵当権をかけてやれば、国税は徴収されず、売られることもない。

もちろん、車だの何だの、その他の家財は差し押さえられるだろうが、当の本人が夜逃げでもして居場所がわからなくなればそれもできない。

実際に金を貸さず、ただ抵当権だけをつけて徴収を免れさせてやり、その間芝居に付き合う代金として金を支払わせる。

国に土地を取られないための預かり料金を、借金の返済という名目で払わせる。

それならば、元手はいらず定期的に金が入り、書類上は金を貸してるわけだからコゲついたらその土地がタダで手に入るではないか。

俺はその案を不動さんに話した。

彼は驚き、また褒めてくれた。

「ツメが少し甘いが、悪くない考えだ。お前は金を稼ぐ才能がありそうだな」

実際、その方法ができるのかどうか、不動さんがそれを行ったかどうかはわからない。

結果は知らされなかったので。

けれどそのお陰で、俺に支払われる給料は上がった。

次に目をつけたのは株だった。

不動さんが外為レートという言葉を教えてくれたので、そちらにも手を出した。

俺には金を儲ける才能がある、というのは本当だ。

情報を仕入れて、観察して、ついて行くべき人間を見誤らなければ、かなりの額を稼ぐことができた。

裏の世界にいることで、一般の投資家より情報を多く仕入れることができたのも、幸いしたし、勘も冴《さ》えていた。

その上これは合法なのだ。

もちろん大損することもあったが、元金割れせず利益を膨らまし、俺の作った金で不動さんはのし上がった。

最初は臥竜会の一幹部だったのだが、上納金が増えるに従い発言権も多くなり、先代の組長が病気で引退すると決めた時に跡目に指名された。

組長だ。

それでもまだ、彼は上がっていった。

臥竜会自体を大きくし、上部組織への上納金を増やし、可愛がられるようになり、ついには親玉の五菱会の次の親分は不動じゃないかと囁かれるほどに。

堀田は、俺よりもずっと年上の若頭で、俺がガキの頃から面倒を見てくれていた。

俺が力を付ければ堀田の力が削がれる。

彼を追い抜けば、いらぬ火種を抱え込む。

そう判断して、俺は組の中での役職を辞退した。

単なる金庫番でいい。

不動さんの懐刀でいい。

堀田にも金が回るようにしてやり、いい関係を続けた。

もちろん、ヤクザが悪い人間だということはわかっている。

彼等のせいで泣く人間が多いのも知っている。

けれど、誰も俺を助けてくれなかったじゃないか。

俺は、俺に優しくしてくれた人に恩義を返しているだけだ。自分がやってることは合法で金を稼いでいるだけなのだから、文句を言われる筋合いはない。

生田目に会う頃には、俺はもう臥竜会の金庫番として名を馳《は》せていた。

「不動さん、あんたいい子を育てましたなぁ」

銀牙会は五菱会とは系流の違う組だった。

臥竜会は五菱会の下で、関東が地元だ。だが銀牙会の地元は北陸。

大きい組織ではあったが、組長の砂山《すなやま》は老人で俺が会った時には車椅子に座っていた。

「これは砂山さん、珍しいところでお会いしましたね」

違う系統の組のトップが顔を合わせるなんて、そうそうあることではなかったが、その時は特別だった。

北陸の会社が東京に本社を建てた記念のパーティーだったのだ。

「あなたのところの綺麗な坊やの話は聞いてますよ。頭がいいってね」

皺《しわ》だらけの老人と歳を経てもまだ精力的だが洒落っけのある不動さんとでは、どう見ても不動さんの方が勝ち組だ。

「紹介してくれんかね？」

「いいですよ。うちの者にコナかけないと約束してくださるなら」

「は、は、は……、大丈夫。うちにも使えるもんがいますから、他人を羨んだりはしませんよ」

空気の抜けるような笑いをする老人の後ろ、砂山の車椅子を押していたのは、眼光の鋭い、若い男だった。

それが生田目だった。

生田目も、ヤクザだった。

「黒河、ご挨拶しろ」

「どうも、黒河と申します」

言われたから、丁寧に頭を下げる。

「ワシは砂山だ。こっちは生田目」

「なま……？」

「生田目じゃよ。変わった名前だろう?」

「そうですね。初めて聞きました」

生田目は俺達に軽く会釈しただけだった。

こっちがちゃんと礼儀を尽くしたのに。

自分のところの方が格上だとでも思っているのだろうか?

気に食わない男だった。

気取ってやがる、と反感を持った。

「砂山さん。あまり東京に出て来られると、お身体に触るんじゃないですか?」

「ジジイは山奥に引っ込んでろ、か? だが悪いな、若いの。折角東京まで来たんだ、少しは稼いで帰らんと、電車賃もままならんでなぁ」

「よくおっしゃる。銀牙は金回りがいいと評判ですよ」

「あんたんとこには負けるよ。渡辺のガキと鍔《つば》ぜり合いだろう? 渡辺のとこの富士見連《ふじみれん》合《ごう》は大きいところだから、ぽっと出のあんたと争わされて腹にすえかねてるんじゃないのかね?」

「他人のお家事情は覗かない方がいいですよ」

「まあ、ワシは呑気《のんき》な老人じゃから。それじゃまた、どこかで会おう」

この時は、それだけだった。

生田目よりも、砂山老人の方が印象深かった。

老獪《ろうかい》、というのだ、あれは。

死にそうな体だが、きっと長生きするだろう。

「あそこと当たりますか？」

「今はない。気にするな。むしろ、多少は繋がりを持っていた方がいいかもしれんな。渡辺が牽制《けんせい》できる」

老人の言った通り、小さな組からのし上がった不動さんを、昔から大きかった組のトップである渡辺は煙たがっていた。

下っ端の小競り合いが始まる寸前だった。

「仲良くしろ、と言うならしますよ」

「仲良くするか、顔見知りのままでいるか、そこはもう少し様子をみよう。またどこかでと言ったが、一ノ倉《いちのくら》製紙の三十周年記念のパーティーでも会うだろうな。一ノ倉は北陸出身だし、俺達は大株主だから」

そしてその言葉通り、翌週のパーティーでも、砂山老人と遭遇した。

その時も、車椅子を押していたのは生田目だった。

挨拶はせず、お互い視認しながらも無視していた。

二人、喫煙室で遭遇するまでは。

喫煙者は年々減り、パーティーのために一室使って喫煙所にしていた部屋は広く、椅子もテーブルもいっぱいあった。

なのに彼は俺の隣の椅子に座ったのだ。

「お互い、喫煙者は辛いな」

初めて聞いた声は、低くていい声だった。

顔つなぎはしておけと言われていたので、言葉を返す。

「毎回北陸から出てきてるのか？」

「いいや。こっちに部屋を買った。新幹線が開通してくれりゃ楽になるが」

この時はまだ北陸新幹線は開通していなかった。

「黒河は、不動の愛人か？」

失礼な質問だが、カッとなって怒るほどもう子供ではなかった。それに、その質問は既に何度かされていたし。

「いいや。あの人にはちゃんと愛人がいる」

「そうか、それは失礼した。そういう噂《うわさ》を聞いていたんで」

すぐに謝罪したので、案外悪い人間ではないのかも、と思ったが、続いた言葉が悪かった。

「色々やってるようだが、火傷するなよ。金を稼ぐのに博打は危険だぜ」

上から目線。

「お前がどんな稼ぎ方をしてるかしらないが、こっちはこれで長年やってるんだ。そっちこそ。他人のシマまで来なけりゃならないくらいジリ貧なら、大怪我しないようにしな」

「気が強いな」

「不遜だな」

互いに目を合わせ、口の端で笑う。

着飾った人々のパーティーの中で、同じ匂いのする人間だと思うと、警戒が少し緩む。

「ゆっくり吸ってな。俺は戻る」

だが長居をして、話し込む気はなかったので、俺は立ち上がった。

「またすぐ会うだろう。次も喫煙所で待ってるぜ」

「どこで会うって言うんだ?」

「相馬《そうま》不動産の例会。砂山老人も呼ばれてる」

それは五菱会の系列だ。

「何故？」

「あそこの社長が、こっちの出身なんだ。会社は関東だが」

「覚えとくよ。付け届けは酒がいいらしいって」

その後も、俺は何度か彼と出会った。

政治家のパーティーや、株主総会や、何かの記念のパーティーで。

だが相変わらず長く言葉を交わしたことはなかった。

互いの立場が、そうさせた。

その頃には、砂山老人が東京に拠点を移すのでは、という噂が流れていたので、挨拶することは不自然なことではなかったのだが。

お互い、アタマの連れ。

系統の違う組。

地盤も違う。

接点は少なく、親しくなる理由もない。

だが、彼は気が付くといつも俺を見ていた。

先に気づくのがいつも彼の方だというのが何だかシャクで、俺も彼を目で捜すようになった。

生田目がまだこちらに気づいていない様子だと、勝った気になった。

気づいてこちらを見ると、いつも真っすぐに俺を見る。

ガンくれてんのかとも思ったが、そうでもないようだ。

ただにやっと笑って、黙ってこちらを見ているだけ。

挑戦的にも見えるし、笑顔で挨拶しているようにも見える。

黒い、野性的な瞳。

……何故、彼は俺を見るんだろう。

組関係で注視すべきは俺ではなく不動さんのはずなのに。

金庫番としての俺に興味があるのだろうか？　だが老人は俺にコナはかけないと言っていた。生田目が稼いでくれるからと。

では同じ金を稼ぐ者として同族意識があるのだろうか？

その割りには親しく近づいてくる様子もない。

ただ見ているだけだ。

喫煙室で会えば、少し言葉は交わすが、それ以上はない。

そんな状態が長く続いた。

銀牙会が東京でホテルを買った。

飲食店を開いた。

どちらも仕掛けたのは生田目らしい。

新幹線が通ることを見越して、既に金沢にデカい料亭を経営しているらしい。

銀牙の稼ぎはまっとうで、サツも黙認している。

生田目は次の組長になるんじゃないか。

そんな噂を耳にしながら、彼の視線だけを思い出す。

連絡は取らず、連絡先さえ教え合わず、ただ偶然に頼り、すれ違うだけの日々が過ぎていった。

生田目が二軒目の店を開いたと聞いて彼の店に花を持って向かったのも、祝い言を伝えるためではなかった。

不動さんに内緒で、俺個人として向かったのは、重大な理由があったからだ。

「生田目」

花束を持って現れた俺に、彼は驚いた顔をした。

「どういう風の吹き回しだ？」

にやにやとした笑顔で迎えに出た彼の胸に花束を押し付ける。

「二人きりで話がある」

「二人きり？」

「余人を交えず、だ」

「色っぽい話じゃなさそうだな。いいだろう、来い」

開店で忙しくしている従業員や客達の間を縫って店の奥へ行くと、彼はオーナールームらしい豪華な部屋へ通してくれた。

「まあ、座れ。コーヒーぐらいは出してやる」

「生田目。渡辺と会ったのか？」

コーヒーを取りに出て行こうとした彼の足が止まる。

「その話か」

笑いながら彼は戻ってきて、俺の向かい側に座った。

「ここは喫煙可だ、吸っていいぞ」

「答えてくれ。砂山老人は渡辺に付くのか？」

俺がここを訪れた理由はそれだった。

銀牙会には金がある。

そして他所の組織ではあるが、これから東京で広がろうとしている組だ。敵対するべき存在ではあるが、系統が違うだけに組めばその金を回してもらえる公算もある。

渡辺はそこに目を付けて、砂山老人に近づいている、という話が流れてきたのだ。

渡辺の組はデカいだけで、集金能力は低かった。

だからこそ、不動さんがのし上がれたのだ。

だが、もしも渡辺と砂山老人が繋がれば、渡辺も金を握る。

渡辺が同じくらいの上納金を納めることができるようになれば、天秤《てんびん》はグッと渡辺に傾くだろう。

もし渡辺が五菱会のアタマに座ったら、今まで目の上のタンコブと毛嫌いしていた不動さんを放っておくわけがない。

渡辺と砂山老人には、繋がって欲しくないのだ。

「金の流れや人の繋がりは、ベラベラ喋るもんじゃないぜ」

「わかってる。だがどうしても知りたいんだ。繋がるな、と言えないこともわかってる。ただその可能性があるかどうかだけでも教えてくれ」

「さて……、どうするかな」

生田目の目が俺を見る。

またあの目だ。

俺達はいつも正面から向き合う。

そして互いに目が逸らせなくなる。何を考えているのか、口にも出さぬまま。

「お前が俺の前で脚でも開いたら、答えてやってもいいぜ」

「真面目に頼んでるんだ。真面目に言え」

生田目はタバコを取り出し、吸い始めた。

「生田目」

身を乗り出してもう一度名前を呼ぶと、彼はスッと冷たい目を向けた。

「じゃあ、これから毎週水曜にこの店に酒を飲みに来ると約束しろ。そうしたら、特別な話をしてやる」

「一週間に一回？　別にそれぐらいなら……。ただし、大した話じゃなかったら、約束は反故だぞ」

「いいとも。その価値はあるはずだ。それに、お前がここに通ってくれると、俺も助かる。威嚇になるからな」

「俺を威嚇に使わなくたって、銀牙会のイキのかかった店なら問題はないだろう」

「それがそうでもないのさ」

銀牙会が弱体化した、ということか？

「いいか。これは特別な話だ。教えてやるが他人にはバラすな。不動にも、だ」

「……わかった。約束しよう」

「砂山老人は癌《がん》だ」

彼は『らしい』とは付けず、きっぱりと言い切った。

「すぐに死ぬというわけじゃないが、老体で手術もままならない」

「代替わりするってことか？」

「いいや。銀牙は組を閉じる」

それは衝撃的な話だった。

あれほど大きく、金銭的にも余裕のある組が閉じるなんて。

「今、俺が東京で警察と話し合い中だ。解散届けを何時出すかってことでな」

「それでずっと東京に……」

「誰が跡目を継いでも、もうこれ以上ヤクザを続けてゆくのは無理なんだ。だから組の組織をそのまま企業に移行させる。今持ってる金を全部投資して、これから先の足固めをする。料亭やホテルは組の連中に残すが、この店は俺の退職金だ。他にももう一軒もらう約束になっている。俺達はヤクザを辞めるんだ、だから誰とも繋がらない。渡辺とも、もちろん不動とも」

「そう……か……」

「だからこの店にお前が必要なのさ。俺は外様だし、銀牙の後ろ盾をなくすと色々火の粉もかかるだろう。だが臥竜会の金庫番が出入りしてるとなれば、在京の他の組も近づいて来ないだろう」

「何時、解散届けを出す？」

「そこまでは言えないな。気取られないように、渡辺の誘いに乗って一席設けられたのは事実だが」

それを鬼の首を獲ったように言いふらしたわけだ。

「この店に来るのは、解散届けが出てからだ。その前までは、俺達は別組織の人間、親しくするわけにはいかないからな」

「つれないな」

「渡辺に難癖つけられるのも困る」

「いいだろう。じゃあ、その時を待とう」

「あんたが、飲食店のオーナーにおさまるのは残念だ。いいヤクザになれるだろうに」

からかうつもりでそう言うと、彼は喉の奥でクッと笑った。

「今時はシロウトの方が怖いのさ。ヤクザの看板さえ外せば、俺達はサツに守られる側だ。お前も早くそのことに気づくといい。五菱会なんて古臭い看板に固執してると、不動も足をすくわれる日がくるだろう」

悪い顔。

彼の本性を見たような表情。

その表情に背筋がゾクリとした。

今までも、彼の顔は整っていると思っていた。普通のイケメンだと。だがその表情を見た途端、彼の内側にもっと別のものがあるのだと理解した。

この男も、裏の人間なのだ。

「ま、暫くはおとなしくしてるがな」

けれど、その表情はすぐに消えてしまった。

もっと見ていたかったのに。

「タバコ友達のよしみだ。忠告には耳を傾けとけよ」

その一言で、もうあの表情は見せてくれず、愛想のいい店のオーナー面で俺を送り出した。

強い男が好きだった。

悪くても、したたかな男が好きだった。

弱く酒に溺れた父親や、そこから逃げるしかなかったガキの頃の自分にとって、不動さんがヒーローに見えたように、俺はいつも何ものにも屈しない男に惹かれる。

だから、あの一瞬で、自分の中の生田目を見る目が変わった。

あの男は本当に切れる男だと。

それから一カ月過ぎた頃、ヤクザに見切りをつけて銀牙会が解散したという話が流れてきた。

それを聞いてから、俺は彼の店に一週間に一度通うようになり、生田目と会話もするようになった。

穏やかなオーナーの顔しか見せない彼とともに酒を飲む。

心の中で、もう一度あの顔を見せてくれないかなと思いながら。

待ち望む間に、それは切望になり、その時を待つために通うようになった。

正面に座って俺を見る黒い目。

以前より近くなっても、何も語らない。

交わす会話は他愛のないものばかり。

新しい店も順調だとか、ゲームの会社を買い取ったとか。砂山老人の娘も癌で、二人で最期の時を過ごすために解散を決めたとか。

足を洗ったはずなのに、渡辺が若い連中を陰で集めてるという話や、警察がどこの組に家宅捜査に入るかなどということも教えてくれた。

「俺はもうヤクザじゃないからな。マル暴の連中と酒も飲みに行けるのさ」

と笑って。

もしかしたら、この男はカタギという安全な場所に身を置いて、ヤクザを相手に商売するつもりかもしれないと思った。情報という商品を手に。

彼にはそのしたたかさがある。

話しながらも、その目は、ずっと俺を見ていた。

いつも、いつも。

怒っているのか、悲しんでいるのか、何も考えていないのか。それとももっと別の感情が込められているのか、わからなくて、見る度に苛ついた。

何故自分を見るのか、と。

その視線の意味は何なのか、と。

ずっと……、ずっと……。

そして、不動さんが殺られたのだ。

火事だった。

愛人のマンションにいる時に、火事になり、愛人とともに焼け死んだのだ。

出火原因は不明だった。

誰もが、『殺られた』と感じた。

だが、アタマを失った後では騒ぎを起こすことはできず、五菱会の相続の件もあり、粛々と葬儀を行うしかなかった。

けれど、俺は収まらなかった。

真相が知りたい。

これからどうすればいいのか、自分が神輿《みこし》となって担がれるタイプの人間ではないし、不動さん以外に担ぎたい神輿もない。

生田目は葬儀には顔を出さなかった。

悩んだ末、俺は生田目から情報を買うことにして、彼に連絡を取ったのだ。

店ではなく、人目につかない別の場所で会おうと言って。

それがあの交差点での密会だ。

どちらもいつもは行かない場所。

だから俺の事故のことを誰も気づかなかった。

俺は質問をぶつけ、彼が知らないと言うと金を出すから調べて欲しいと食い下がった。

「不動のためか？」

「そうだ」

「……これを機会に足を洗ったらどうだ？　恩義を感じてた不動ももういないんだろう？　俺のところへ来れば枕を高くして眠れるぞ」

「お前の世話になんかなりたくねぇよ。どの面下げて転がり込めって言うんだ？　十四の時からこの世界に身を置いてるんだぜ。それに、俺に付いてくる舎弟もいる」

「長沢、だっけ？　以前パーティーでくっついてた」

「ナガサーだけじゃねぇよ。他にもいる。あいつらのことを捨てて一人だけカタギになんか戻れねぇ」

「じゃ、そいつ等も引き取ると言ったら？」

俺は笑った。

現実味のない話だ、と。

「上手いこと調べてくれよ。どうしても犯人が知りたいんだ。できれば、うちの連中がどこに移ったら上手くやれるかも知りたい。恥ずかしい話だが、俺は金儲け専門で、細かい事情には疎いところもあっから」

生田目は暫く考えてから、にやりと笑った。

「いいだろう。望みを叶えたら何でもする、と約束するなら」

ああ、あの顔だ。

企んでる、野生の獣だ。

やっぱりこいつは『知ることができる』、アブナイ男だったのだ。

「……いいぜ。何でもする」

背中を見続けていた不動さんという支えを失ったばかりだったから、目の前にいる生田目の強さに惹かれた。

不動さんの敵討ちをしたいという気持ちと相俟《あいま》って、『何でも』という言葉に頷いてしまった。

「何かわかったら連絡する。それまではいつも通りにしていてくれ」

「OK。頼んだぜ」

彼は、何も言わなかった。

端的な会話を終えると、あっさりと背を向けた。

近くに車が停めてあり、そちらへ向かって歩き出した。

振り向いて、またあの顔を見せないかな。

悪い男に惹かれるなんて、悪い癖だ。

いや、悪い男に惹かれるんじゃない、強い男に惹かれるのだ。そして俺に強さを見せるのが、たまたまいつも悪い男なだけだ。
交差点の横断歩道のところには、婆さんが一人信号待ちをしていた。
生田目が立ち止まって身体を探る。
タバコを捜してるのだろう。
俺も何だか一服つけたくなって、ふっと横を向いた瞬間だった。
運転者がハンドルに突っ伏した車を見たのは。
車はスピードを上げながら、まっすぐにこちらへ……、いや、生田目に向かってゆく。
生田目は気づいていないようで、まだスーツのポケットを探っていた。
彼が、車に轢かれる。
また、俺の惹かれた強い男が死ぬ。
そう思ったら身体が勝手に動いた。
「生田目！」
逝くな。
俺はまだお前の視線の訳を聞いていない。
お前のあの挑むような、からかうような笑みを、満足するほど見ていない。
俺には背負うものも、やることもあるはずなのに、生田目を死なせたくないということしか考えられなかった。

そして……。

走って行き、彼を突き飛ばして自分が撥ねられたのだ。

彼を守って。

お互いに、愛してるだの好きだのという言葉も口にしないままに。


「随分と遊んでくれたじゃねぇか」

俺が言うと、彼は鼻先で笑った。

「何でもする、と言っただろう？」

「そいつは、約束が果たされた後だ。それとも、約束は守れたのか？」

「さあ、どうかな？」

彼の顔には、もう不安も心配もなかった。

今、目の前の男の顔に浮かぶのは不適な笑いだ。

ゾクゾクするような、悪い顔だった。

「言えよ。俺には聞く権利がある。そうだろう?」

その気持ちを押さえて、彼に問う。

生田目はビールを置き、タバコを取り出し、ゆっくりと吸い付けた。

「火災鑑定人に調査を依頼した」

「火災……鑑定人?」

「民間の調査機関だ。火災について詳しく調べてくれる。その鑑定の結果を、見知りの警官に渡してある」

「どうやって火が着いたかが知りたいわけじゃない。俺が知りたいのは犯人だ」

「わかってる。警察だって無能じゃない。方法がわかれば犯人にたどり着くまでに時間はかからない。先週、犯人を特定した」

「犯人は?」

俺は身を乗り出した。

「近くの駐車場の防犯カメラにしっかり映ってた。犯人は、金で雇われたガキだった。灯油を撒いて、そこに蚊取り線香で時限装置を作っていた。金を払ったのは、渡辺の部下だが、渡辺自身は知らなかったことだ」

「どうしてそう言える?」

「渡辺と直接話した」

「てめぇ……、渡辺と繋がってやがったな！　何時からだ！」

俺の怒気をものともせず、彼は悠然と答えた。

「砂山老人と渡辺が密会した時からだ」

「あの時、ただ一席設けられただけだと言ったじゃねぇか！」

「お前は、砂山老人と渡辺の繋がりを訊いただけだろう？　俺とのことは訊かなかった」

「それじゃ、砂山にも黙って……」

「老人は、もう引退を決めていた。自分が退いた後、周囲が何をしようが関知しないそうだ。だが、俺に頼んできた。引退した後、ゴタゴタが起きないようにして欲しい、と。そのためには渡辺の力は必要だった」

生田目が、渡辺と繋がっていた。

不動さんを殺った人間が見つかったということ以上に、そのことがショックを与える。

そしてショックを受けていることが、またショックだった。

「……俺を軟禁してたのは、渡辺の頼みか」

「いいや」

「じゃ何だって事実を隠して俺を慰み者にした！　恋人だとかサラリーマンとか、適当な

嘘をついて……！」

「わからないのか？」

彼の落ち着いた態度がイライラする。

自分は記憶を取り戻した、という最後のカードを切って、慌てさせるつもりだったのに、こいつを驚かせられたのはほんの一瞬だった。

「お前が欲しかったからだ」

彼の切ったカードに、驚かされてばかりなのはこちらだ。

「俺の資金力なんか、お前には必要ねぇだろう」

「必要ないな」

「なら……」

「俺が欲しいのは『お前』だ、黒河。金じゃねぇ」

生田目も身を乗り出し、俺に向かって手を伸ばす。

触れられたくなくて、身体を引く。

宙に残された彼の手は、おとなしく引っ込んだが、その顔には微笑《わら》いがあった。余裕のある、企みの顔。

店に通っている間、ずっと、見たかった表情。

なのに見せてもらえないからジリジリとしていたのに、今になってその顔のオンパレードは狡《ずる》い。

「お前に、惚れたからだ。一目惚れだった」

口説きの言葉まで付けるのは卑怯《ひきょう》だ。

「何ふざけたことぬかして……」

「本気さ。ふざけてなんかいない。ここへ戻ってきたってことは、記憶を失ってた間のことも覚えてるんだろう？　何度も言ったじゃねぇか、『愛してる』って」

「くだらねえ芝居の話なんざ、いいんだよ」

「ふざけてもいないし、芝居でもない。初めて、不動の隣に立つお前を見た時から、お前が欲しいと思っていた。だが、お前は不動の秘蔵っ子で、手を出せば砂山と不動の争いになるからずっと我慢してたんだ」

俺を見る黒い目。

何を考えているのかわからず、口にして伝えられることもなかった。

その秘密が、『恋』だというのか？

「砂山老人の頼みを聞くためには、不動では弱かった。お前のお陰で金は手に入れられるようだが、古株に睨みを効かせるだけの力はないと見た。だから交渉相手には渡辺を選んだ。当然のことだ」

冷たく言い放つ生田目に、ゾクゾクする。

「俺が欲しいだの、一目惚れだのほざくのに？」

「イロコイと仕事は別だ」

そう言い放つこの男に、したたかな強靭《きょうじん》さを感じる。

実際、上手くやったのだろう。

渡辺すら、手玉に取られていたのかもしれない。相手にそれと気づかせずに。

その姿を想像すると悦に入ってしまう。

タバコを咥え、悠然と煙を吐くその姿が、この男の本性なのだ。

「渡辺には、店を二つ売った。暴対法で、暴力団に利益を提供する行為は阻止されているから、渡辺自身がオーナーになれないが、ホームレスを拾って、洗って、そいつをオーナーに据えることも教えた。その代わり、東京に残る銀牙会の者には手出しをさせない、北陸の資産にも手を出させないと約定が取れた」

「信じるのか？」

「信じるわけがない」

ああ、また彼が笑う。

「保険はかけてるさ。色々とな」

全て自分の掌の上だというように。

「渡辺と繋がりながら、一方でサツとも繋がってるんだろう？　不動さんの放火犯の情報を提供したり」

「善良な市民だからな。犯罪の摘発には協力するさ。お前の頼みでもあったし」

「俺はサツに突き出して欲しいと頼んだわけじゃねぇ！」

「自分の手で、仇《かたき》を討ちたかったか？　それとも、渡辺の首を獲る、正式な理由を手に入れたかったか？　どちらもさせられないな」

「何故」

「それでお前がムショに行ったり、殺られたりしたら困る。『何故』と訊くなよ？　惚れた男がそうなって喜ぶヤツはいないとわかるだろう」

「俺達の間に、そういう話は一度もなかった」

「お前の目は不動に向いていたからな。言っても冗談にされて終わりだ。俺は執念深いタイプだったから、待つつもりだった。渡辺にワタリを付けたのも、不動を渡辺に取り込ませるためでもあった」

「そいつは『何故』、と訊いてもいいんだろうな？」

「不動を生かすためだ。お前が考える通り、渡辺は不動を殺りたいと思っていた。目障りだったから。だが不動が死ねば、お前は鉄砲玉にでもなりそうなほどヤツにご執心だった。だから、生かして、渡辺に売って、一方で生きてることで不動に恩を売り、お前を手に入れるつもりだった。話はついていた。だから、渡辺は不動を殺していないとはっきり言えるのさ」

最初から全て計算ずくだったわけだ。

渡辺も、不動さんも、俺も、この男の計算の中で転がされていたのだ。

「渡辺とのことを黙っていて俺を店に誘ったのも、惚れてたからか？」

「そうだ。不動のお手付きじゃないなら、時間さえあれば手に入れられると信じてた。実際、少しずつはオトモダチっぽくなってただろう？　だが、不動は殺され、お前は心に深く『不動』という人間を刻み込まれた。俺のことなど頭の中から追い出し、あいつの死についてしか考えられなくなった。手に入れるにはもう少し時間がかかるだろう」

ふっ、と生田目の笑みが途切れる。

「黒河に呼び出された日、俺はお前が俺を頼ってくれたかと期待した。どうしたらいいのかと泣きついてくることを。実際は違ってたがな。それでも、足を洗って俺のところへ来ないかと言ってみた」

「俺は断った」

「事実を掴むまではおとなしくしてるだろう。それなら俺が調べるから待てと言って、お前の動きを封じた。だが……」

彼が遠い目をする。

苦悶《くもん》に満ちた表情がよぎる。

「お前は俺をかばって事故にあった。血を流し、いくら呼んでも目を開けないお前を抱いた時、どうして時間をかけようなんて思ったのか、もっと早く自分の気持ちを伝えておかなかったのかと後悔した。……死ぬほどだ！」

叫ぶように言った後、彼は長く息を吐いた。

「病院で、大したことはないとわかってほっとしたが、なかなか目覚めないお前が心配だった。仇でも何でも獲らせてやるから目を開けろ、不動のところへ行くなと願った。だが目を覚ましたお前は……」

「全て忘れていた。お前のことも、不動さんのことも」

「ああ。千載一遇のチャンスだと思った」

俺を想って苦悶したくせに、すぐにまた頭を働かせる。

切り替えのスイッチでもあるかのように、二つの表情を見せる。

恋に溺れた愚かな男と、計算高い悪い男と。

「だから恋人だったなんて嘘を」

「失うくらいなら、一時だけでも手に入れたかったのさ」

「何度も抱いたとか、淫乱だとか、さんざん言ってくれたな」

「嘘じゃない」

彼は自分の頭を指さして笑った。

「ここで、何度も抱いた。お前は淫らに求めてくれたぜ？」

「ぬかせ」

腹が立って、思わず彼の足を蹴る。

「さて、俺は手札を全て見せた。隠してる札はない。お前がここにいることは誰にも教えていない。他に何か知りたいことはあるか？」

開き直った口調。

「俺に惚れたわりには、随分酷いことをしてくれたじゃねぇか。縛って、バイブを突っ込むとか」

「……黒河が、だんだんと記憶を取り戻していくことに気づいて、恋人だと教え込んだのにそのことを俺に隠してることで、こいつは手放したらもう戻ってこないと悟った。記憶を失ってた時のことを忘れたら、またお前の心は不動に持っていかれる。覚えていたら……、嘘をついたことを咎《とが》められ、離れてゆく。どっちにしても、お前を手に入れる機会は失われる。それなら、せめてこの目に焼き付けたかった。他の者の前では見せない、お前の痴態を」

「ヘンタイめ」

「かもな」

「まさか、堀田さんに解散届けを出させたのもお前が囁いたんじゃねぇだろうな?」

彼は答えず、ただ笑った。

肯定だ。

道理で決断が早いと思った。

「チッ……」

お互い全て話し尽くした感で口を閉ざす。

タバコを吸い終えていた俺は、ビールで口を湿らせ、彼はまた新しい一本に手を伸ばし、火を点けた。

長い沈黙の時間。

俺は、ここでの時間を反芻《はんすう》した。

生田目が俺を見つめていたのは、俺が好きだったからか。

何も言わず、ただ見ているだけだった間、この男は隠している爪と牙を磨き、俺を捕らえるチャンスを狙っていた。

行儀のいいふりをして。

彼に注意を惹きつけられたのは、その罠にハマッたようなものだ。

「俺に、言いたいことはないのか？」

こちらから口を開くと、彼は間を置いてから答えた。

「出て行くなら、全部持って行ってくれ。忘れられなくて困る」

「出て行かないなら？」

「抱かれろ。今度は、俺を受け入れろ」

「抱かせてやっただろう」

「あんなもんじゃもの足りねぇ。あれは、ただ見てただけだ」

「触ったじゃねぇか」

「お前がイくのに手を貸しただけさ。……残ってくれるのか？」

期待に満ちた目で、彼がソファに沈めていた身体を起こす。

「俺を恋人だと言って、優しくしてくれた生田目に、どうしても愛情が湧かなかった。どんなに『愛してる』と囁いても、『俺も』という言葉は出てこなかった」

「……期待させるな」

がっかりとソファに倒れ込む。

「だが、今秘密を暴露して、してやったりの顔をしてるお前の顔には、ゾクゾクしたぜ」

「黒河」

また身体を起こした彼を見て、面白い玩具みたいだと思った。

俺の言葉で一喜一憂する。

「礼儀を覚えろ、生田目」

「礼儀？」

「俺が欲しいなら、ちゃんと手順を踏め。俺は何も知らないボウヤじゃねぇ。言いくるめられてくれてやるほど、安い身体でもねぇ」

一方的に貪られても、満たされなかった。

快楽は得ても、溺れることはできなかった。

俺が……。

俺が惚れたのは、優しい男でも、怯える男でもなかったから。

目を輝かせ、こちらの意図を察する。

欲しいものが手に入ると確信し、勝ち誇った笑みを浮かべる。

今なら、彼の視線の意味がわかる。

真っすぐに、一番欲しいものを値踏みしながら切望し、どうやって食ってやろうかと算段してる目だったのだ。

ただ愛しいと思うだけでなく、絶対に手に入れる、手に入れられる、そのためにはどうしてくれようと考えてる目だった。

今、向けてる視線と同じく。

生田目はタバコを消し、背筋を伸ばした。

「黒河。お前を愛してる」

挑む顔。

俺は言う、お前はどうする、と。

「お前を抱いて、自分のものにしたい。そのためなら、何でもしてやろう。できる限りのことも、できないことも。お前が俺から離れる結果にならないことなら、何でも」

今度こそ、テーブルの上に全てのカードを晒した。

お前のも見せろ、と。

「俺は強い男が好きだ。奉仕して、尽くす男は必要ないが、俺を出し抜いて、騙して、いいように扱った生田目なら、愛してやるぜ」

言葉が終わるか終わらないかで、生田目の手が俺の腕を掴み、強引に引き寄せる。

胸に抱き締め、強引に口づけられる。

何をするのかと戸惑うこともなかった。

求め合う証しだとわかっていたから、こちらからも舌を伸ばし、絡め合った。

腕も回して、彼の背に指を立てた。

熱と唾液を交換しあいながら、もっと奥に隠しているものはないかと舌で探り合う。

与えられた舌を味わうように吸い上げる。

最初は、父親も強い男に思えた。一家を支え、働く父親を尊敬してた頃が、確かに俺にもあったのだ。

だが堕ちてゆくのを止められず、最後には逃げられてしまった。

不動さんの強さに焦がれながらも、彼を欲しいと思うことも考えず、その背中しか見てこられなかった。

彼の腕の中は、彼の愛人が占有して当然だと思っていた。

だが今度は。

生田目は、俺のものだ。

この強い男を、俺が手に入れたのだ。

彼が俺を手に入れたのではなく。

「ベッドへ行こうぜ。たっぷりくれてやるよ」

だから、誘ったのは俺だった。

俺がお前を求めてる、という証しに。


生田目のベッドは、二度使った。

二度目にはぐちゃぐちゃに汚したはずなのに、そこはまた美しく整えられていた。

こいつは、俺より金の使い方を心得てるんだろうな。

俺は貯めるばかりだったが、こいつは使いながら貯めている。ベッドもシーツも、きっと新しくしたのだろう。

「脱がしたいか？　脱いで欲しいか？」

「脱ぐ姿は一度見た。今度は俺が脱がそう」

ベッドへ上がろうとすると、彼が止める。

「立ってろ」

ここを出て行った時の服装のままだったので、俺はTシャツにデニムだった。

仕事帰りの生田目はスーツ姿だ。

近づいてきた彼から、俺はいち早くネクタイを解いて投げ捨てた。

「縛られるのは御免だ」

と言って。

立ったままの俺の前に生田目が立つ。

シャツの裾から入り込んできた手が、胸に上る。

乳首を捕らえて、指先で弄る。

「逃げねぇんだから、やるならガッツリやれよ」

「俺には俺のやり方がある」

「いつもこんなにまだるっこしいのか」

「お前だからさ」

彼は笑った。

「お前は強い男が好きだと言ったが、俺は強い男が乱れていくのを見るのが好きなんだ」

「趣味が悪い」

見つめあったまま、ずっと胸だけを弄られる。

受け入れるとは思ったが、その気になっていたわけではなかったので、弄られるだけでは乳首が痛くなるだけだ。

それでも彼はずっと同じところを嬲り続けた。

摘まんで、捏《こ》ねて。

指の腹で回したり、埋め込んだり。

時にソフトに、時に強く。

そのうちに、何となくその行為が愛撫に思えてくる。

「……っ」

一際乱暴に彼が先をグリッと回した時、ゾクッとした快感が走った。

気づかれて、笑われる。

「やっぱり乱暴にされる方が好きみたいだな」

「……お前もそうなんじゃねぇのか？」

何か悔しくて、同じことを仕返してやろうと彼のワイシャツのボタンを外す。

「俺は優しくされる方が好きだ」

「どの面下げて」

「この面しか持ってない」

スーツのボタンも外し、ワイシャツをズボンから引っ張り出して下までボタンを外す。

その間も、彼の手は俺を嬲り続けた。

体勢を変えても追いかけてきて同じ動きをする指に、だんだんその気になってくる。

女は濡れるだけだから、外からその変化はわからないが、男は外からでもその変化がわかる。

俺が感じてきたことは、彼の目に映っているだろう。それが悔しくて、俺は彼の胸に触れた。

同じ思いをしろ、とばかりに。

硬く小さな乳首は女のぷっくりとしたそれとは違う。

周囲に膨らみはなく、筋肉の張った真ん中にそれだけが突き出している。

それを弄っても、快楽は生まれなかった。

けれど、弄られてる胸の方からは、快感が湧いてくる。

「ん……」

また乱暴に弄られ、声が漏れる。

膝から力が抜けそうだ。

「生田目、そろそろベッドに……」

「もう立ってられないのか？」

「そうじゃない」

「だったらいいじゃないか」

胸を弄っていた俺の手を振り切って、彼は屈み込み、シャツを捲って俺の胸を吸い始めた。

乱暴に扱われた胸を、柔らかい舌が舐る。

一方で、もう一つの乳首は指に弄ばれたままだ。

「生田目……」

「お前に名前を呼ばれるのは気分がいい。特に色めいた声で呼ばれるのは」

「せめて、座らせろ。勃ってきたから辛い。デニムの生地は硬いんだ」

「じゃ、前を開ければいい。止めない」

ファスナーを下ろし、中から半勃ちのモノを引き出す。

だがそれだけが顔を出してる姿が間抜けなので、結局ボタンも外す。

大きく開けてしまうとデニムは腰からずり落ちてくる。下着だけの格好もまた間抜けだと思って、潔く下は全部下ろしてしまった。

すると生田目は膝をついて、たった今出した俺のモノを口に咥えた。

「あ……」

今度は隠しようもない声が上がる。

男だから仕方がない。

ペニスをしゃぶられて感じないのは不能ぐらいのものだろう。

「ん……っ」

だが記憶を失っていた時よりは耐性がある。

一応、女遊びはしてきたし、フェラをされた記憶もあるので。

ただ、商売でしてくれる女達より、生田目の方が乱暴で、刺激は強かった。

「お……前……。男とする時……、いつも舐めるのか？」

「いいや」

股間で彼の声がする。

咥えられながら喋られると、微かな振動が伝わる。

「して悦ぶ方じゃない。されてナンボだな。だが言っただろう？　お前にはしたいんだ。

お前が特別だから」

「男を……抱いたことは否定しないんだな……」

「妬くか？」

「誰が」

「俺は女は相手にしない。生粋のゲイだ。だから気の強そうな忠犬に一目惚れだ」

「誰が忠犬……っ、あ……っ」

先端を軽く噛まれ、膝が落ちる。

バランスを崩さぬようにベッドに座り込む。

それで彼の口は離れたが、してやったりの顔で笑う生田目の顔は、咥えられるよりも俺を煽った。

「どうせ、突っ込んで終わりのセックスしかして来なかったんだろう？　責められる悦びってやつを堪能させてやるよ」

足首にたまったデニムと下着を外し、大きく脚を開かせて彼がまた俺を咥える。

根元から先まで、舌が動く。

形をなぞり、くねらせる。

すっぽりと咥え、上顎《うわあご》に押し付けたり、吸い上げたりして刺激を続ける。

「あ……、は…っ。う……」

声は、殺さなかった。

されてるのだ、感じて当然だろう。

それに、自分の声が彼を悦ばせることもわかっていた。

愛撫を受けて、彼をどうこうする余裕がない代わりに、声でお前を嬲ってやる。

いつまでもしゃぶってるだけじゃ、満足できなくなるように。

撫でつけていた彼の髪ら手を差し込み、抱え込む。

ゆっくりと動かして髪を乱す。

撫でつけた髪は、彼を『格好のいい男』に見せるが、乱れた髪は彼を『野性的な男』に見せ、色気を感じさせる。

だから乱れ髪の方が好きだ。

特に、それが俺のせいだと。

整然として、体裁を作ってるお前を乱してるのは俺だと思えるから。

生田目が、強い男が乱れるのがいいというのも、きっとそういうことだろう。

身体より、心が欲している。

肉体の快楽なら、他の相手でもいい。

男でも、女でも、行きずりでも、商売人でも。男を愛するタイプの人間ではないと、少なくとも生田目に惹かれるまではそうではないと思っていた自分が、愛撫を受け、抱かれていいと思うのは、この男でなければならないからだ。

他では許さない。

この男がいい、と心が欲しているからだ。

「もういい……ッ、出る……」

「出すな」

「無理言うな、そんなにされて……」

彼は口を離し、立ち上がった。

「これから寝るんだ。またベッドを汚されちゃかなわん」

勝手なことを。

「コンドームあるんだろ、寄越せよ。付けてやるよ」

「……まだ余裕があるな」

彼はデスクの引き出しからコンドームを出して投げ寄越した。

自分でパッケージを破って勃起したモノに付ける。簡単に付けられるほどしっかりした形になったソレは、彼の唾液で湿っていた。

生田目の舌がそこにあったという名残だ。

「お前はまだ必要ないのか」

面倒なので、ついでにシャツを脱ぎ、まだ服を着ている彼に不満をぶつける。

「まだその気にならない。この程度じゃな。これを塗るから、脚を広げてろ」

ローションを使うのだと思ったら、彼が手にしていたのはチューブだった。

「…変な薬を使うんじゃないだろうな」

「俺で乱れるお前が見たいのに、そんなもの使うか」

「じゃ、それは何だ」

「麻酔だ。医療用の。塗ると痛みが軽減される。挿入れるつもりだと言っただろう。前に、俺のが立派過ぎて無理だと言われたから、考えてやったんだ。それとも、痛い方がいいなら止めておくが」

まだズボンの中に隠れた生田目のモノを思い返す。

あれが自分の中に……。

アナルバイブを使われた時も、圧迫感があった。ローションを使っても、アレがすんなり入るとは思えない。

「……いいだろう」

許可を与えると、彼は白い軟膏《なんこう》を指の上に絞り出し、俺の穴の周囲に塗り始めた。

指は襞《ひだ》を開くように丁寧にそれを塗り、更に内側にまで塗りたくった。

「う……っ」

指を入れられると、思わず声が漏れてしまう。それでも彼は指を止めず、最後まで塗り終えた。

「効くまで暫くかかるだろうから、それまで可愛がってやろう」

座っていた俺の肩を押し、仰向けに倒す。

再び胸を嬲り、今度は肩や腹、脇にも手を伸ばした。

滑らかな肌を滑る手。

キスを繰り返され、耳を舐られ、身体が寄り添う。

素肌に彼のシャツが擦れ、脚の間に入り込まれ、身体に舌が這う。

コンドームを付けたイチモツが握られる。

薄い皮膜ごしでも、彼の手を感じる。

愛撫を受け続けているうちに身体が疼《うず》き始める。

生田目は男を抱くことに慣れているせいだろう。二度俺を味わったせいで俺がどこで感じるかを知っていて、的確に責めてくる。

そのくせ、俺がイきそうになると、すぐに場所を移し、なかなかイかせてくれない。

煽られて、でも満足させてもらえなくて、だんだんと焦れてくる。

「あ……、あ……」

声のトーンも上がってくる。

鼻にかかって、甘い響きになる。

感じてると知られて恥ずかしくなる。

生田目は、俺を高めることに終始して、全く自分を満足させようとしていないように見えた。

「ん……っ」

彼に手を伸ばし、髪に触れる。

頬に触れると、彼は顔を上げて困惑した表情を向けた。

「煽るな、薬が効くまで我慢してるのに」

「……煽れてるのか？　余裕があるのかと思った」

「余裕なんかあるものか。できるなら、今すぐ突っ込みたいくらいだ」

「忍耐強いのはお前の売りか？　俺はガッついてるくらいのが……好きだぜ……っ」

話してる途中で手を動かすから、言葉が切れ切れになる。

「本気にするぞ」

「しろよ」

「……むちゃな男だ」

「お前ほど……、スマートじゃないんだ……。イくなら早くイきたい」

「いいだろう。俯せになれ」

「嫌だ」

「……黒河」

俺は彼を見て微笑った。

「お前の目が、好きなんだ。俺を見つめる、真っすぐな目が。それを見てイきたい」

彼は、顔を傾け、頬にある俺の手に口付けた。

「痛がっても、途中で止めないぞ。望んだのは黒河だからな」

「ああ」

生田目は身体を起こし、ワイシャツを脱ぎ捨てた。

強靭な肉体にも、胸が鳴る。

ズボンの前を開け、中から取り出されたモノは、既に大きくなっていた。

俺を見ていた目の『強さ』の中には『我慢強い』ってのも入っていたのかもしれない。

ずっと好機を伺い、牙を研ぎ、その時を待つ。それまでは我慢、という。

「あ……」

指が、中を探る。

弛緩《しかん》する成分も入っていたのか、簡単に侵入を許す。

入口に痛みはなく、ただ触覚だけが異物を教える。

「痛みはないみたいだな」

と言ってから、指の動きは激しさを増した。

中に入れていない方の手で、俺に被さっていたコンドームが外される。

「汚れ……」

「もう汚してもいい。ベッドなら他の部屋にもある。お前がイくところが見たい」

見たい。

見たい。

俺もお前が自分を求める姿が見たい。

お前も俺が乱れる姿が見たい。

見て、確かめたい。

この男を自在に操るのは自分だと。自分を操っているのは、この男なのだと。

「あ……っ」

両手を差し伸べて、彼を求める。

生田目が身体を折って俺に口付ける。

指が俺をかき回し、勃ち上がった俺のモノが彼の腹を擦る。

陶酔が意識をくるむ。真綿みたいに。

「生田目……っ」

彼が手を伸ばし、ローションのボトルを取ると、手がふさがっているから蓋を口で咥えて開け、蓋を吐き捨てた。

ああ『ゾクゾク』する。

何度も彼に感じた鳥肌の立つ感覚は、性的な幸福だったのか。

この目だけで、俺は『感じて』いたのか。

「あぁ……」

場所の確認もせず、生田目はローションをぶちまけた。

まだ中身が残っているのも気にせず、ボトルも床へ投げ捨てる。

我慢できないのだ。ゆっくりと、体裁を取り繕うこともできないのだ。

俺が欲しくて。

「黒河」

指が引き抜かれる。

「脚を俺の肩にかけろ、片方でいい」

切羽詰まった顔。

目が、ギラギラと欲望に燃えてそそられる。

右の脚を上げ、彼の肩に乗せると、穴に彼が当たった。

指が肉を引っ張り、入口を広げ、中心に押し当てられる。

「う……っ」

まだ完全に麻酔が効いていないのか、チリッとした痛みが走った。

けれどそれはすぐに圧迫感にとって変わられた。

「あ……」

自然と口が開き、喉が反る。

身体の内側に、生田目が入ってくる。

突き上げられ、身体がガクガクと揺れ、身体が押し上げられゆく。

「ひ……っ」

顔の横についた彼の腕に手を掛け、ズレないように爪を立てた。

「ツ……ッ！」

痛みで彼の顔が歪む。

やってくれるな、という目でにやりと笑う。

不可抗力で締め付けると、中で彼がビクビクっと震え、その表情が崩れた。

そしてまた突き上げられる。

「あ……っ、待て……っ。奥……っ」

ローションが二人の動きの間で音を立てる。

粗相をしたみたいに下半身はびしょ濡れ。

「全部忘れろ。これからは俺のことだけ考えろ」

ああ……。

溺れる。

今度こそ完全に溺れてしまう。

彼のくれる快楽に。この男の愛情に。

熱っぽい目が、食らい尽くすように俺を射る。

「愛してる……、黒河」

ここで何度も聞いた愛の言葉が繰り返される。

ずっと、物足りなくて、同じ気持ちになれなくて、スルーしていた言葉に、やっと応えることができる。

芝居ではなく、心から。

「俺も……」

欲しいから。

受け止めたいから。

「愛してるぜ……、生田目……」

この男の全てが……。

「……ア…ッ！」


髪を少し切って後ろへ流し、新しく揃えた白いスーツに袖を通し、小豆色のネクタイを締めた俺を見て、生田目はちょっと顔をしかめた。

「何でお前はそう派手好きかね」

「ちっとも派手じゃないだろう。シンプルなもんだ」

そりゃ、黒のスーツにブルーのストライプのネクタイのお前に比べたら多少は派手かもしれないが、白と言ったって蛍光してるわけじゃない。生なりの白だ。

「いいや、派手だ。どこにいたって目立つ」

「そんなことはない」

「だがその白いスーツのせいで、お前を見つけやすかったんだから、まあよしとするか」

顔を会わせたパーティーの席、俺より早く俺のことを見つけて熱視線を送っていた理由が今わかった。

スーツの色を見つけてただけか。

確かに、オッサン達ばかりのパーティー会場では目立っただろう。

「ほら、名刺」

彼は箱に入った名刺を俺に差し出し、ついでに白い革の名刺入れをその上に載せた。

「白が好きなんだろ？」

「まあな」

俺は箱を開け、中身を取り出して名刺入れに収めた。

『臥竜コンサルティング・コーポレーション　代表取締役　黒河烱』

これが俺のこれからの肩書だ。

組は潰れた。

不動さんは亡くなり、皆散り散りになった。

けれどどこかに、あの頃の思い出を残したくて、社名に『臥竜』と入れた。

俺は、他の組に移ることも、生田目の会社に入ることも選ばなかった。俺は強い男が好きだが、自分が弱い男でいてもいいわけじゃない。

あの家を出た時から、自分の足で立ちたいと願っていたのだ。

だから、彼の会社の系列には名を連ねたが、自分の会社を立ち上げることに決めた。

そして俺についてくると言っていた長沢達を、そこで引き取った。

もちろん、この会社の仕事は金稼ぎだ。

他人に金を稼がせるために、自分の力を使い、報酬を得ることにしたのだ。

「そろそろ約束の時間だろう。いい加減にタバコを消せ」

「お前の再スタートの晴れ姿を堪能してたんだ」

「その最初の客に渡辺を選んできたところが厭味だがな」

「上客だ。金払いはいい。それにお前があいつに金を作ってやることで、渡辺はお前に手出しはしなくなるし、他所へ移った元臥竜会の人間にも、渡辺の庇護《ひご》がつくと思わせることができる。不動の一件についても手打ちになり、五菱会の内部でモメることもない。全てが万々歳じゃないか」

「口の上手い男だ」

臥竜
代表取締役
Tel
Fax

彼はやっと唇の端に咥えていたタバコを灰皿で消した。

髪をちゃんと撫でつけ、ダブルのスーツを決めた姿はやはり格好がいい。

「場所は？」

初仕事の相手も、場所も時間も決めてきたのは彼なので問いかける。

「グレイスホテルのスイート。商売品は？」

向こうも確認の言葉を投げる。

「もう用意してある。南アフリカのランドを買わせる」

「大丈夫か？」

「乗ってこなかったら信託を勧める。もっとも、あの男には理解できないだろうから、言いなりだろう。バカだからな」

「自分の顧客を、バカよばわりか？」

「事実は口にするタイプでね」

「お前らしい」

生田目は、にやりと笑った。

「大丈夫、俺達なら上手くやるさ」

その笑顔に欲情したから、タバコを失った唇にこちらからキスしてやる。

「やっぱり出掛ける寸前までタバコを吸うのはやめろ。不味い」

「こういうことがあるなら、注意しておく」

彼の手が背中に回り、行こうと促し、俺達は玄関へ向かった。

これからは、二人で暮らす部屋を後にして。

恋も仕事も上手くいく、という自信に満ちて。

だって、俺達はしたたかで強靭な恋人だから。

これから、ずっと……。

あとがき

初めまして、もしくはお久し振りでございます。火崎勇《ひざきゆう》です。

この度は『惑愛に溺れて』を、お手にとっていただき、ありがとうございます。

イラストの嵩梨《たかなし》ナオト様、素敵なイラストありがとうございます。担当のN様、色々ご迷惑おかけいたしました。ありがとうございます。

編集部の方々にもご迷惑をおかけいたしました。重ねて感謝の意を……。無事に出てよかったです。

さて、今回お話、いかがでしたでしょうか？

生田目《なばため》と黒河《くろかわ》の関係は、恋愛というより食い合いみたいな感じです。

黒河は、優しくされても愛情を感じることができず、牙を剥かれて初めて心が動く。歪んでます。(笑)

生田目の方は優しくしたいんですけどね。優しくして、甘やかして、自分から離れられないようにしたい、と考えていたんです。

でも失敗でした。

黒河の記憶が戻り、二人は一緒に暮らすことになったのですが、まだまだ甘い生活とはいきません。

生田目はやりたい盛りですが、黒河はまだ同性愛初心者。女性にも食指が動くわけです。なので、やらせろ、やらせないのケンカとか、上だとか下だとか、女ならノーカンがどうとか、色々ケンカもしそう。で、ケンカになると、元の職業が職業なので、なかなか派手なものになるのでは、と。

生田目は黒河にゾッコンなので、負けるのはいつも生田目でしょう。

でも、生田目狙いの誰かが出て来ると、途端に黒河の独占欲が強くなり、自分から誘惑したりするかも。「何だよ、俺のがいいだろ」とか言って。

そんな黒河が可愛いと思ってしまう生田目は、相手が取引先であろうと、どっかの組関係の人間であろうと、さっさと捨てて帰ってきてしまう。

ハッ、タイトルの『惑愛に溺れて』るのは黒河じゃなくて生田目だったのか。

まあ、そんなわけで、適度なトラブルがありつつも、二人は幸せに……なるでしょう。

そろそろ時間となりました。また会う日を楽しみに、皆様ご機嫌好う。

今後はバディ感も出かではね…!

ガッシュ文庫

惑愛に溺れて
（書き下ろし）

火崎 勇先生・嵩梨ナオト先生へのご感想・ファンレターは
〒102-8405 東京都千代田区一番町29-6
（株）海王社 ガッシュ文庫編集部気付でお送り下さい。

惑愛に溺れて

2016年4月10日初版第一刷発行

著　者　火崎 勇 ［ひざき ゆう］
発行人　角谷 治
発行所　株式会社 海王社
〒102-8405 東京都千代田区一番町29-6
TEL.03(3222)5119(編集部)
TEL.03(3222)3744(出版営業部)
www.kaiohsha.com
印　刷　図書印刷株式会社

IISBN978-4-7964-0847-9

KAIOHSHA　ガッシュ文庫

肉食系オオカミな経営者×平凡会社員——
見初められる身分差ラブ！

派遣社員の弓川はどこにでもいる平凡な青年。ある日、会社の帰りに首輪をしていない狼犬を保護する。その後飼い主だと名乗る高嶺という男から「お礼に」と食事に誘われたのだが、なんと高嶺は会員制高級クラブの経営者だった。野性的な魅力溢れる大人の男——そんな高嶺から「君を気に入った。俺の恋人になれ」と迫られる。会う度に「お前が欲しい」と熱く口説かれ弓川はとまどいながらも惹かれていくが、高嶺は何かを隠しているようで——!?